国际大奖小说

Mr. Bats Meisterstück oder
Die total verjüngte Oma

巴特先生的返老还童药

[奥] 克里斯蒂娜·涅斯特林格 / 著
[德] 艾尔哈德·迪特尔 / 绘
施岷 / 译

天津出版传媒集团
新蕾出版社

图书在版编目 (CIP) 数据

巴特先生的返老还童药/(奥)涅斯特林格著;(德)迪特尔绘;施岷译.
—天津:新蕾出版社,2012.5(2023.10重印)
(国际大奖小说)
ISBN 978-7-5307-5285-2

Ⅰ.①巴…
Ⅱ.①涅…②迪…③施…
Ⅲ.①儿童文学–中篇小说–奥地利–现代
Ⅳ.①I521.84
中国版本图书馆 CIP 数据核字(2012)第 054865 号
Title of the original edition: Mr. Bats Meisterstück oder Die total verjüngte Oma
Author: Christine Nöstlinger
Illustrator: Erhard Dietl
Copyright © 1975 Verlag Friedrich Oetinger, Hamburg
Chinese language edition arranged through HERCULES Business & Culture GmbH, Germany.
Simplified Chinese translation copyright © 2012 by New Buds Publishing House (Tianjin)Limited Company
ALL RIGHTS RESERVED
津图登字:02-2011-218

出版发行:天津出版传媒集团
　　　　　新蕾出版社
http://www.newbuds.com.cn
地　　址:天津市和平区西康路 35 号(300051)
出 版 人:马玉秀
电　　话:总编办(022)23332422
　　　　　发行部(022)23332351　23332679
传　　真:(022)23332422
经　　销:全国新华书店
印　　刷:天津新华印务有限公司
开　　本:880mm×1230mm　1/32
字　　数:55 千字
印　　张:4
版　　次:2012 年 5 月第 1 版　2023 年 10 月第 38 次印刷
定　　价:22.00 元

著作权所有,请勿擅用本书制作各类出版物,违者必究。
如发现印、装质量问题,影响阅读,请与本社发行部联系调换。
地址:天津市和平区西康路 35 号
电话:(022)23332677　邮编:300051

前言

一辈子的书

梅子涵

亲近文学

一个希望优秀的人,是应该亲近文学的。亲近文学的方式当然就是阅读。阅读那些经典和杰作,在故事和语言间得到和世俗不一样的气息,优雅的心情和感觉在这同时也就滋生出来;还有很多的智慧和见解,是你在受教育的课堂上和别的书里难以如此生动和有趣地看见的。慢慢地,慢慢地,这阅读就使你有了格调,有了不平庸的眼睛。其实谁不知道,十有八九你是不可能成为一个文学家的,而是当了电脑工程师、建筑设计师……可是亲近文学怎么就是为了要成为文学家,成为一个写小说的人呢?文学是抚摸所有人的灵魂的,如果真有一种叫作"灵魂"的东西的话。文学是这样的一盏灯,只要你亲近过它,那么不管你是在怎样的境遇里,每天从事

怎样的职业和怎样地操持,是设计房子还是打制家具,它都会无声无息地照亮你,使你可能为一个城市、一个家庭的房间又添置了经典,添置了可以供世代的人去欣赏和享受的美,而不是才过了几年,人们已经在说,哎哟,好难看哟!

谁会不想要这样的一盏灯呢?

阅读优秀

文学是很丰富的,各种各样。但是它又的确分成优秀和平庸。我们哪怕可以活上三百岁,有很充裕的时间,还是有理由只阅读优秀的,而拒绝平庸的。所以一代一代年长的人总是劝说年轻的人:"阅读经典!"这是他们的前人告诉他们的,他们也有了深切的体会,所以再来告诉他们的后代。

这是人类的生命关怀。

美国诗人惠特曼有一首诗:《有一个孩子向前走去》。诗里说:

有一个孩子每天向前走去,

他看见最初的东西,他就变成那东西,

那东西就变成了他的一部分……

如果是早开的紫丁香,那么它会变成这个孩子的一

部分;如果是杂乱的野草,那么它也会变成这个孩子的一部分。

我们都想看见一个孩子一步步地走进经典里去,走进优秀。

优秀和经典的书,不是只有那些很久年代以前的才是,只是安徒生,只是托尔斯泰,只是鲁迅;当代也有不少。只不过是我们不知道,所以没有告诉你;你的父母不知道,所以没有告诉你;你的老师可能也不知道,所以也没有告诉你。我们都已经看见了这种"不知道"所造成的阅读的稀少了。我们很焦急,所以我们总是非常热心地对你们说,它们在哪里,是什么书名,在哪儿可以买到。我就好想为你们开一张大书单,可以供你们去寻找、得到。像英国作家斯蒂文生写的那个李利一样,每天快要天黑的时候,他就拿着提灯和梯子走过来,在每一家的门口,把街灯点亮。我们也想当一个点灯的人,让你们在光亮中可以看见,看见那一本本被奇特地写出来的书,夜晚梦见里面的故事,白天的时候也必然想起和流连。一个孩子一天天地向前走去,长大了,很有知识,很有技能,还善良和有诗意,语言斯文……

同样是长大,那会多么不一样!

自己的书

优秀的文学书,也有不同。有很多是写给成年人的,也有专门写给孩子和青少年的。专门为孩子和青少年写文学书,不是从古就有的,而是历史不长。可是已经写出来的足以称得上琳琅和灿烂了。它可以算作是这二三百年来我们的文学里最值得炫耀的事情之一,几乎任何一本统计世纪文学成就的大书里都不会忘记写上这一笔,而且写上一个个具体的灿烂书名。

它们是我们自己的书。合乎年纪,合乎趣味,快活地笑或是严肃地思考,都是立在敬重我们生命的角度,不假冒天真,也不故意深刻。

它们是长大的人一生忘记不了的书,长大以后,他们才知道,原来这样的书,这些书里的故事和美妙,在长大之后读的文学书里再难遇见,可是因为他们读过了,所以没有遗憾。他们会这样劝说:"读一读吧,要不会遗憾的。"

我们不要像安徒生写的那棵小枞树,老急着长大,老以为自己已经长大,不理睬照射它的那么温暖的太阳光和充分的新鲜空气,连飞翔过去的小鸟,和早晨与晚间飘过去的红云也一点儿都不感兴趣,老想着我长大

了,我长大了。

"请你跟我们一道享受你的生活吧!"太阳光说。

"请你在自由中享受你新鲜的青春吧!"空气说。

"请你尽情地阅读属于你的年龄的文学书吧!"梅子涵说。

现在的这些"国际大奖小说"就是这样的书。

它们真是非常好,读完了,放进你自己的书架,你永远也不会抽离的。

很多年后,你当父亲、母亲了,你会对儿子、女儿说:"读一读它们,我的孩子!"

你还会当爷爷、奶奶、外公和外婆,你会对孙辈们说:"读一读它们吧,我都珍藏了一辈子了!"

一辈子的书。

Mr. Bats Meisterstück oder
Die total verjüngte Oma

目录
巴特先生的返老还童药

第一章　罗比的一个上午 …………………………… 1

第二章　奶奶的一个重要决定 ……………………… 11

第三章　巴特先生的返老还童药 …………………… 21

第四章　不可思议的小奶奶 ………………………… 30

第五章　四个臭皮匠的一晚 ………………………… 42

第六章　纠结的课堂 ………………………………… 52

第七章　寻求解药之旅 ……………………………… 62

第八章　错误的穿越 ………………………………… 75

第九章　巴特迈耶太太的礼物 ……………………… 90

第十章　皆大欢喜 …………………………………… 96

Mr. Bats Meisterstück oder
Die total verjüngte Oma

第一章

罗比的一个上午

罗比醒了。6点整。每天都是这样。他家楼上的邻居拥有世界上最响的闹钟。这位拥有世界上最响闹钟的男人每天早上6点钟起床。他的闹钟一响，罗比就会被闹醒。要是在冬天，天还黑着，罗比还能再睡着。可现在是夏天，太阳已经出来了，罗比再也睡不着了，他比计划早起了一个小时。

这一个小时一点儿用都没有。他不能爬起来,因为他的爸爸妈妈和姐姐还要睡觉。罗比心想:奇怪,真奇怪!这鬼闹钟居然闹不醒他们。可要是我悄悄地做一顿美味早餐的话,他们就没法睡觉了!罗比真想给自己做一顿丰盛的早餐,就和美国侦探小说里描写的那些私人侦探所吃的早餐一模一样——煎火腿和荷包蛋,再配上橙汁或是咖啡。有这种早餐垫肚子,脑袋保管好使。罗比的妈妈本来应该有这种常识的,因为她每个周末都会读上五本侦探小说。她该发现罗比之所以成绩平平,都怪她的蜂蜜面包加可可牛奶的早餐搭配。她当然不会承认啦。每当罗比想跟她把道理讲清楚的时候,她都会说:"什么鬼话!那些私人侦探每天清早都洗冷水澡。这你也学得来吗?你先学着用冷水洗澡吧,学会了没准儿我会给你做个荷包蛋吃!"

她根本不理咖啡和煎火腿的话茬儿,因为她认为咖啡对身体不好,况且大清早就让她闻到煎火腿的味儿,实在令她难以忍受。

罗比深深地叹了口气,又开始讨厌起木头床板来了。事情是这样的:罗比每天早上醒来,眼睛一睁开,看见的首先是这些木头床板和床板缝里的床垫。因为他只能睡高低床的下铺,上铺睡的是姐姐艾娜。艾娜比罗比大五岁。在罗比眼里,艾娜是世界上最自私最贪婪的人。

Mr. Bats Meisterstück oder
Die total verjüngte Oma

投胎到有这样一个女儿的家庭,真是他的不幸。艾娜从来都没让过他。她的书桌比他的漂亮,椅子比他的舒服,箱子比他的大,最重要的是,她睡的是高低床的上铺。

"这些破床板会把我气疯的!"罗比每天晚上上床前都要念叨一遍。

这时艾娜总是笑着说:"最亲爱的弟弟,这已经是不可改变的事实了!"

罗比随后答道:"你这匹野马!"

艾娜说:"你才是没教养的野小子呢!"

"你该穿超长裙。因为你的腿实在是太难看了!"姐姐穿上裙子腿露多露少对罗比来说根本无所谓,可他知道,这话最能刺伤她。

随后艾娜会大声嚷道:"大耳怪!"

她知道这话对罗比最有杀伤力。罗比的耳朵很大，而且是招风耳。艾娜的耳朵跟他一模一样，可她却能把耳朵藏到长长的金发里去。

每次艾娜张口嘲笑罗比的耳朵，姐弟二人的鏖战就算开始了。当妈妈闯进房间，说他们如果再打下去就停发零花钱的时候，他俩之间已展开了一场精彩的拳击战。这时，妈妈就会去喊爸爸来帮忙。一次，爸爸劝架时差点儿被艾娜扔向罗比的圆规击中，打那以后，他就再也不愿意管孩子们打架的事了。更何况他很想知道是艾娜凭着个儿大劲儿足取胜呢，还是罗比以他的机灵打赢。当妈的可不干，她坚决反对姐弟二人打架。

爸爸常叹息着说："迈耶保尔家的两个孩子从来不打架。"

妈妈一定会说："唉，要是我们有两个可爱的姓迈耶保尔的孩子就好了！"

全家人都知道，迈耶保尔先生没孩子，只有两条整天叫个不停的狗。

罗比就这么醒着躺在床上，厌烦上铺的木头床板，等待7点钟的到来。7点一到，他就一头钻进浴室。他打开水龙头，向镜子做了个鬼脸，一不小心有几滴水喷到脸上，他吓了一跳，赶紧又把水龙头关上了。这时，爸爸走进浴室。早晨是罗比的爸爸最可怜的时候。他可不属于

那种早上一起来就头脑清醒的人。他宁可用自己搜集的全部邮票来换取早上两个小时的睡眠。谁都能看出他有多么痛苦,他的一举一动是多么费劲,他睁开眼睛是多么吃力,他费多大劲儿才能忍住不打哈欠。罗比心想:爸爸早上看上去就像花园里泥塑的幽灵。这时,爸爸坐到浴缸边上,嘟囔着说:"早上好,塞弗第茨先生!"

然后他揉揉眼睛,把眼角上小小的灰色颗粒和黄灿灿黏糊糊的眼屎揉出来。他一边打哈欠,一边口齿不清地说:"塞弗第茨先生,你今天又没洗澡。洗干净的孩子脸蛋儿红扑扑地闪亮光。你脸色发黄,没有一点儿光泽。"

罗比叹着气只好补洗一个澡。洗完后,他并没有变成红扑扑闪亮光的样子。他一边擦干身子一边对爸爸说:"我可不能洗耳朵。我要是洗了耳朵,保证到两节课后休息时就会有耳鸣,之后的课什么也听不见了!"

爸爸一点儿也不怀疑儿子耳朵真有这个毛病。他隐隐约约地记得自己小时候也有过同样的感觉。妈妈叫大家一起吃早饭。艾娜正在前厅边做体操边吃她的胡萝卜。她在自己的小收音机上系了根带子,把收音机挂在脖子上。收音机里一个兴奋得出奇的女声说道:"现在伸右腿,然后换左腿,再换右腿,再换……"

艾娜跟着收音机的指挥,一步不差。当罗比绕过她

走向厨房的时候,她把腿伸得比收音机里要求的远得多得多,正好踢到罗比的屁股上。

喝咖啡的时候爸爸对妈妈说:"收音机里的人一定是晚上录制广播节目的,像这位小姐这样一清早就这么精神,谁都做不到!"

随后他问道:"我们的女儿为什么要做体操呢?"

"她想把大腿变粗,小腿变细。"妈妈解释道。

Mr. Bats Meisterstück oder
Die total verjüngte Oma

"这能行吗?"罗比问。

妈妈摇了摇头。罗比放心了。

现在是7点30分。"准时得很。"罗比总是这么对朋友们说,"这钟点我们家所有人都神经兮兮的。"这话说得虽然目无尊长,倒是符合事实。艾娜这时总是找她的生词本或是三角尺。妈妈总是找她的某支口红或眼影。而多数情况下这口红或眼影总会在艾娜的手提包里找到。

罗比试着讨价还价,他不要带面包上学,而是要了五个先令[①]。他没能要到钱。妈妈说:"不行。我要是给你钱的话,你会去买口香糖的。口香糖可不是什么正经东西,你要是把它吞到肚子里去,会把你的胃给黏住的。"

"他才不买口香糖呢。"艾娜用嘲讽的口吻说道,"他要买的是漫画集。罗比是低级文学的牺牲品。"

罗比怒视着姐姐。她要是长得漂亮一点儿的话,或许过不了多久会有人娶走她。

这时爸爸站在房门口,不耐烦地用食指转动着车钥匙链,一遍又一遍地大声嚷嚷:"我真要走了!要坐我车的人快来呀!"

所有的人都在车里坐定后,他们总是奇怪全家人居然能准时出发。

[①] 奥地利旧的货币单位,一先令相当于人民币七角。

国际大奖小说

罗比在校门口下车。下车前他还得答应妈妈,一放学就到奶奶家去,而且走最近的路去,每过一个十字路口都要先向左看再向右看,还答应她吃掉奶酪面包,而且要乖。罗比说了五遍:"好的,妈妈。"又说了"再见,爸爸。"最后对姐姐吐出舌头做鬼脸。随后,他直奔学校大门,托米正等着他呢。托米神采飞扬,手里正捧着一沓随口香糖赠送的印第安人画片。

"这是我这辈子最划算的交易。"托米说。

"哪儿来的?"罗比问道。

"豪伯家艾莉卡的。"

"用什么换的?"

"我姐姐的几副耳环。"

"佩服!"罗比喊道,"印第安人图片肯定是豪伯家弗里茨的,耳环是你姐姐的。等于是弗里茨和你姐姐做了笔交易!"

"可他们不知道!"托米心满意足地笑着说。

"幸亏如此!"

"本来就是嘛!"

"本来就是嘛"正是眼下班上的时髦用语。一个星期以来班上每个同学一天至少要说二十遍"本来就是嘛"。一个星期前流行的是"真棒"。上上个星期是"真了不起"。现在只有萨弗拉内克还说这话,他总是比别人慢上两个星期。

今天,学校里什么事都没有发生。既没测验,也没考试。德语课老师甚至忘记了考大家重要作家的生卒年。课间休息时,罗比用他的奶酪面包换来了巴斯蒂的一块口香糖和米歇尔的一个牛角面包,即所谓的三人交易:巴斯蒂得的是抹了奶油的面包,米歇尔得的是奶酪。

中午放学的时候罗比和他的朋友托米、巴斯蒂、米

歇尔和马特尔约好下午5点在公园门口碰头。马特尔不确定自己是否能去,因为他一上午都嗓子疼。

"我猜呀,"马特尔说,"最迟一小时后我就会病倒。"

罗比去他奶奶那里,走的是最近的路。每过一个十字路口他都先向左看看,再向右看看。

马特尔是住校生。他多半是要病倒了。

托米打算游泳去。家里没人等他。他妈妈和姐姐晚上下班后才回家。

米歇尔跑回家找他妈妈去了。

巴斯蒂去市立图书馆了。他急着想借一本有关集合论的书。

第二章

奶奶的一个重要决定

奶奶说好午饭给罗比吃果馅儿糕蘸奶油香草汁。奶奶说话算话。整个楼道里都弥漫着发面的香味。罗比觉得没有比这更好闻的味道了，发面味比世界上最贵的香水都香。姐姐每次上舞蹈课前总是弄得满房间都是铃兰花香。他下决心长大以后当香水制造商，研制出好闻的香味来。当然是发面味香水，猪排味花露水，覆盆子酱味香皂和红烧牛肉味护发水。

罗比吃了满满一汤盘的奶油香草汁加上十四个果馅儿糕。其实他吃到第十个的时候就已经饱了。最后那四个是吃给奶奶看的，好让她知道他是多么喜欢吃奶奶做的果馅儿糕。

奶奶今天走起路来特别吃力，因为她的右脚肿得高高的。奶奶说："罗比，今天快点儿做作业！我还想带你去动物园呢。动物园里新来了一只大老虎和两头小象。"

罗比有时候真有英雄气概。他不经意地瞥了一眼奶

奶受伤的右脚,然后坚决地说:"我今天一点儿也不想去动物园。要是您不介意的话,我宁愿待在家里!"

奶奶当然不介意啦。她庆幸自己不用拖着受伤的脚走遍整个动物园。罗比做他的算术作业。奶奶则拿起毛线活儿坐在他身边。她坚信只要她拿着毛线活儿陪在罗比身边,她孙子算术题的正确率一定更高,字也一定写得更漂亮。

罗比正在计算假如M女士要给她的6条43厘米乘以43厘米的方手帕缝上一圈花边的话,这花边该有多长?他还要用五个步骤算出爸爸需要多少颗钉子,才能把一个高30厘米,长60厘米,宽80厘米的木箱以5厘米的间距钉牢?奶奶帮不上他的忙。按她的意思,给手帕镶边时每条边还得多算上3厘米。她说:"相信我的话吧,孩子。如果每个角都缝上小褶,一定会更漂亮的。而且按照你的

答案,你要是买10.32米长的花边的话,营业员都会笑话你的。"

奶奶不明白什么是分步骤计算。她说,罗比的爸爸不会只用136颗钉子钉那箱子的,他会用272颗。

"罗比,我了解我儿子!每两颗钉子里他就会钉弯一颗。真的!"

"马莎切克要是听到您这话,准会笑掉大牙的。"罗比叹了口气说。马莎切克是罗比的数学老师。

"本来就是嘛!"奶奶说。

尽管如此,罗比还是一会儿工夫就把算术题做完了。他从奶奶的床底下把从前玩儿过的塑料积木翻出来,按照大小分类,然后搭出一个"核反应堆"来。奶奶仔细看着核反应堆,赞赏地说:"这真是一座美丽的小教堂!"

罗比把"核反应堆"扔回到积木箱里。"这真是无聊透顶的幼儿玩具。"他嘀咕了一句,然后问奶奶,"奶奶,您脚坏了为什么不去医生那里看看呢?"

奶奶笑了:"唉,罗比,医生那里我不知去了多少次了。你知道吗,这脚没什么大不了的毛病,就是老了。奶奶从头到脚都老啦。如果再活一次的话,我一定十六岁就生孩子,这样到三十六岁的时候我就可以抱上孙子了。我可以带孙子们去游泳馆,去动物园,秋天我们可

以一起去爬山,冬天我们还可以一起去滑冰。那多棒啊!"

罗比把奶奶从幻想的世界里拉回来。"可是人只能活一次。"

"本来就是嘛!"奶奶叹气道。

"您可以变年轻的。"罗比建议说,"真有这种事情呢。借助猴子激素新细胞。我在报上看到的。"

"那都是些骗人的把戏,根本就没用,而且一定要打针才行。你是知道的,我可不喜欢打针。"

奶奶告诉罗比,一位巴特太太曾经建议她去接受一种返老还童疗法。用的不是猴子的激素新细胞,而是一种机器。巴特太太说她哥哥就有这本事。

"什么?"罗比喊道,"您认识巴特老太婆?"

"我说,"奶奶教训孙子,"你可不许叫她巴特老太婆!她比我还小三岁呢!"

罗比兴奋地说:"如果巴特老太婆,我是说巴特太太,真能让人返老还童的话,你一定得去找她!巴特太太比普通人本事大,她很了不起!"

"她真的了不起吗?"

"当然啦!"罗比说,"她简直神极了!"

"巴特太太怎么就神极了呢?"奶奶问。

罗比解释说:"每次我们碰到巴特老太婆,我是说巴

特太太,她都拎着一只小手提包。这手提包不比一个钱包大,可是她就能从里面拿给我们一人一大块巧克力,我们有几个人她就能拿出几块来。有一次她居然从这钱包大小的手提包里拿出了至少五公斤味道好极了的覆盆子夹心巧克力。还有一次,托米一边咬覆盆子夹心巧克力一边说,他更想吃肉肠。这话刚一出口,覆盆子夹心巧克力就变成了肉肠,甚至连他嘴里正含着的那块巧克力都变成肉肠了。"

"那好吧。你这话听上去挺神奇的。"奶奶说,"我知道亲爱的巴特太太会一些绝活,可让人返老还童的事她可不会,据说是她那个古里古怪喜欢想入非非的哥哥会。"

"什么想入非非的!"罗比生气了,"什么人头上都加上一顶想入非非的帽子。有这样一位妹妹,哥哥一定是个了不起的人物。您至少可以去问问他呀。求求您了,我的好奶奶!"

奶奶皱着眉头望了望她那只老得都快走不了路的脚。

她一边用手按按肿得高高的踝关节,小心翼翼地活动活动大脚趾,一边叹着气。随后她说:"这只脚太老了。"

"可另一只脚跟它一样老啊。"

"它不一样,那是运气,我的宝贝孙子!"奶奶抚摸着那只健康的脚,"它肯定还没察觉到自己有多大年纪呢。"

"巴特太太的哥哥一定能帮上您这个忙!奶奶,我们找他去吧!"

奶奶根本不相信巴特先生能让人返老还童。她认为去找巴特先生毫无意义。

罗比坚决不肯退让。他恳求着说:"奶奶,我的好奶奶,我求求您了!他肯定能帮上您的忙。我是多么想见见他啊!求求您了,我的好奶奶!"

奶奶把毛线活儿放进写字台的抽屉里,把记着巴特先生地址的纸条从放针线的篮子里掏出来。她声明道:"好吧!我们去找他。这可是冲着你的面子。"

罗比把塑料积木箱推回到奶奶的床底下,然后打电话叫出租车。挂上电话后,他和奶奶一起从1数到97。从出租车停车处到奶奶家门口就需要这么长时间。数到97时他们锁上家门,走了出去。

出租车已经在门口等着他们了。他们数得太慢了。罗比迅速将车门打开,向奶奶鞠躬说道:"请侯爵夫人[①]

[①] 罗比调皮,学着古代王孙贵族说话时的用语。下文奶奶回答时使用的是同样的语言。"阿洛伊斯先生"是奶奶为了和孙子同演一出戏而信口胡诌的姓名。

上车。"

奶奶缓缓登车,指着身旁的空位子:"请阿洛伊斯先生破个例,今天马车后座上风太大。"

罗比把写着巴特先生地址的条子递给出租车司机。司机像驾驶着一辆高速列车一样飞驰起来。一会儿工夫,他们已经离家很远了。

"阿洛伊斯,"奶奶悄悄地跟孙子说,"这位巴特先生住在乡下,这趟车费一定不便宜!"

"千金难买阁下的安康。"罗比眨眼笑着回答说。

显然奶奶被激怒了:"请您不要挥霍我的钱财,阿洛伊斯先生!"

司机在一条狭窄的小路口停了车,说道:"我的车开不进去了。侯爵夫人须安步当车。"

"塞弗第茨太太要一瘸一拐地走路了。"这时,奶奶身上的贵族味儿丧失殆尽。唯一有贵族味儿的是她所支付的出租车车费。

出租车调头回去了。奶奶跟在罗比身后,一瘸一拐地沿着羊肠小道往里走。路的两旁是高高的灌木丛。每走一步,灌木丛都长高一截,长密一层。树枝划破了他们的腿,打到他们脸上。一眨眼的工夫,他们就被深绿色的树丛所包围,再也见不着路了。"正常人肯定不会住在这里。"奶奶生气地说。

罗比束手无策。他犹犹豫豫地拨开树枝,继续往前走了几步。突然间,他站到了一小片草地上。这是一块小小的,绿油油的,方方正正的草坪。草坪三面被深绿色的灌木丛紧紧包围着,第四面陡然耸立着一面岩壁。岩壁中央有一架自动扶梯。

"奶奶,奶奶,快来呀!"罗比大喊。

奶奶气喘吁吁地从深绿色的灌木丛中钻出来。罗比指着自动扶梯,结结巴巴地说:"居然有这种事!怎么会有这种事呢?"

"真是,"奶奶说,"真是怪事。可我们还是得上去。"

奶奶牵着罗比的手,一步三晃地和他一起穿过草地走到自动扶梯前。当他们一脚踏到扶梯上时,喇叭里响起了一个低沉的声音:"注意,注意!请扶好扶梯!今天自动扶梯速度特别快!"

自动扶梯不是向上走,而是带着他俩直冲云霄。

"孙子啊,"奶奶叹着气说道,"如果你活着回去的话,代问我儿子好。请他原谅我。我马上就要被吓死了!"

话音刚落,他们就停了下来。

"我们到站了吗?"罗比问道。刚才快速升天时,他闭紧了双眼。现在他小心翼翼地睁开眼睛,发现他们来到了一个稀奇古怪的花园里。花园里长着许多参天大树,树上挂着各种各样的牌子,比如说:

Mr. Bats Meisterstück oder
Die total verjüngte Oma

请注意高压电!

当心电线!

请勿吸烟!

铁丝上挂着一块老式的搪瓷牌子,上面写道:

巴特先生测试中心

入内者责任自负

19　巴特先生的返老还童药

奶奶和罗比担惊受怕地绕开许多铁丝和电灯、牌子和天线、探照灯和电线,来到一个水泥广场上。广场那边有个人朝他们走来。

"难道他就是巴特先生吗?"奶奶问。

"可能是他吧。"罗比悄声说。

奶奶喃喃自语:"神圣的草袋呀①,救救我吧!"

---

①这是开玩笑,也表明奶奶不信奉神明。一般人在困难时都请求上帝的帮助。

第三章

巴特先生的返老还童药

奶奶和罗比紧盯着向他们走来的这个男人。"我的天哪,"奶奶惊呆了,嘟哝着,"这回我可真吓傻了!"

"这老头儿块头真大。"罗比嬉笑着说。这时老头儿已经来到他们跟前,向他们鞠了一躬。他不愧为巴特先生。他想知道他们到此造访有何贵干。

奶奶说:"我姓塞弗第茨,是您妹妹介绍来的。"

巴特先生吃惊地看着她。

奶奶继续往下说:"我的右脚肿得高高的,因为它年纪太大了,而且我太老了!"

"抱歉得很,"巴特先生打断她,"您有一只上了年纪的脚,我却让您站在这里!"

他从穿在身上的真丝雨披里掏出一只皱巴巴的塑料袋,使劲往里吹气。三口气就吹出一张大大的透明沙发来。"假如尊贵的女士想休息一下的话……"

"您真是太客气了。"奶奶坐了下来。罗比和巴特挨在

国际大奖小说

巴特先生的返老还童药 22

她身边坐下。"您妹妹告诉我,您有本事让我返老还童……"她说道。

"什么?返老还童?我哪有这本事?我妹妹总是给我找麻烦。她总弄不明白是怎么回事。"

"如果我没记错的话,"奶奶解释说,"您妹妹告诉我,您有一只箱子,我必须坐到里面去。然后您盖上箱子,把我化解掉。化解完之后您再把我拼凑起来。新的我看上去就和从前的我一模一样,就像我十年前或二十年前的样子。完全按照我自己的意愿。"

巴特先生显然吃惊不小。

"我妹妹是这个世界上我见到过的最大的笨蛋!"他从上到下仔细打量了奶奶一番,然后继续说,"看样子您比她聪明。我将向您说清楚我发明的是什么。我会化解物体,您懂吗?化——解——物——体!"

奶奶和罗比惊愕地点点头。

"我会什么?"巴特先生边问奶奶边用戴上手套的食指戳奶奶的肩膀。奶奶对词语拥有惊人的记忆力。虽然她什么都没听懂,可她却能一字不差地重复巴特先生的话:"您会化——解——物——体!"

"不错,真不错!"巴特先生很高兴,"尊贵的女士是个有头脑的人。我真能把您化解掉,从某种意义上说我妹妹说得对。当然用的不是一只箱子,而是一种超级仪

器。它消耗掉我五十年的生命以及我所继承的全部遗产。"

奶奶感慨地点着头:"您把您的全部积蓄和精力都花在这上面了。"看来,这次她真听懂了。

"很好,"巴特先生夸奖她说,"您听得懂我说了什么。换句话说,我可以把您放进我的超级仪器,借助我所发现的射线把您化解掉,然后再把您组装起来。不是组装到箱子里去,而是组装到任意一个地点。比如说中国或是北极,要不就是克里茨恩村。我会的还不止这些。我的超级仪器是一个时间转换机。用这仪器我可以把您送到任何一个特定的时代去。您是想到拿破仑国王那里去呢,还是想到尼禄皇帝①那里,还是想去未来时代?巴特先生的超级时间转换机都能使您梦想成真!"

奶奶拒绝道:"我可不是个拼图游戏。"

"您还能再把我们找回来吗?"罗比兴致勃勃地问道。他很佩服巴特先生的发明。

"我的超级时间转换机当然有这种功能啦。只是它不能让人返老还童。随便我把你奶奶送到什么时代去,她的年龄都不会变的,她的脚也会跟现在一样疼。可惜啊,可惜!"

---

① 古罗马帝国的皇帝。

Mr. Bats Meisterstück oder
Die total verjüngte Oma

奶奶叹了口气,吃力地从沙发上站起来,请巴特先生原谅她的打扰。她可不想进行跨时代邀游。巴特先生若有所思地瞅着奶奶受伤的脚,犹犹豫豫地说:"我倒是有一种魔水,喝下去可以返老还童。"

"请您拿给我们吧。"罗比请求道。

奶奶赞同地点点头。

巴特先生向右走了三步,站进一个画在地上的绿色圆圈里。绿色圆圈连同巴特先生一起沉到地底下去了。

"天晓得,"奶奶感叹道,"这个人真了不起!"

过了一会儿,巴特先生和绿色圆圈又一起升到了地面,只是这时,他的手里多了一个小瓶子。

"尊贵的女士,"巴特先生说,"这是我祖先留给我的,她叫伊莎贝拉·封·劳巴特迈耶。她长得和我妹妹很像,只是比我妹妹聪明得多。她对科学也是一窍不通。尽管我不相信这药会管用,但世上有些……"

"事实是经验和科学所无法预料的。"奶奶接过话茬儿,一把抓过小瓶子,把它塞进自己的手提包里。

"请您只服用满满一汤匙,"巴特先生建议说,"我不希望您在吐酸水或者胃疼的时候来找我算账。"

巴特先生把奶奶和罗比送到自动扶梯前。在他还向他们挥手时,他俩就已经落到方方正正的草坪上了。罗比也向巴特先生挥手告别,并决定改日再来拜访他。

当罗比陪奶奶沿着羊肠小道走回到宽阔的马路上时,他问道:"我们怎么回到城里去呢?这里有没有公共汽车或者火车呢?"

奶奶吓了一跳。她还没想这么多。他们决定沿着大道向前走,并且留心是否有公共汽车可乘。他们快步走着,一边走一边高唱《米勒喜欢漫步》。奶奶可不是米勒,罗比看到奶奶走路着实费劲。眼见之处根本看不见有公共汽车站。走了半小时,奶奶停下脚步,看着那只受伤的脚。然后她唉声叹气地在马路边坐了下来。罗比蹲在奶

奶身旁,问:"您真打算喝那位祖先留下的药水吗?"

"当然啦!"

罗比警告她:"那位祖先可是对科学一窍不通啊!"

"管它呢?你难道不吃那位对科学一窍不通的巴特太太给你的巧克力吗?我现在就尝一口这药水。也许喝了它之后我走路就方便了呢!"

奶奶从手提包里掏出小瓶子,并试着把瓶塞打开。

"我的天哪,"奶奶叹了口气,"这瓶塞塞得真严实!"

"我求求您,奶奶,您再掂量掂量吧,那么多年前的药水喝下去或许会有生命危险的!"

奶奶虽然生气,但却坚定地摇了摇头。这时她已打开瓶塞并闻到瓶子里散发出的气味。她说:"孙子,这气味闻上去很不错。我会小心地尝一点儿,如果味道还行的话,我就喝上它一小口。"

奶奶把瓶子放到唇边。"孙子,这味道真像上好的蛋黄酒。"她称赞道,"肯定没坏。"然后她又说了句:"干杯,孙子。"说完又把瓶子放到嘴边,喝了一口。这回她喝的可不是一小口,也不是两小口。她把一瓶药水都喝光了。

"奶奶,您停停吧!"罗比吃惊地大喊,"奶奶,别再喝了!"

已经太晚了。奶奶已经说不出话来了。空瓶子从她手中落到地上,她嘴巴张得大大的,两眼呆呆地看着远

方,整个身体颤抖着,抽搐着,耳朵和鼻孔里还闪出了微微的蓝光。

看上去真可怕。奶奶变小了,她越变越小,越变越小。

罗比大声喊道:"不,不,不!奶奶,这可不行啊!"

由奶奶变成的小姑娘问道:"你在喊什么呢,罗比?"

罗比闭上眼睛,用双手堵住耳朵。他就这样站在那里,想等到这个幻象过去。可这幻象就是不走。小奶奶站在他身边,扯住他的毛衣,大声喊道:"快把手从耳朵上拿下来!"

Mr. Bats Meisterstück oder Die total verjüngte Oma

耳朵怎么堵都不可能堵紧到连小姑娘的尖叫声也听不见的程度。也许她哪儿疼，罗比猜想。他把手从耳朵上拿开，睁开双眼，问小姑娘："你知道你是我奶奶吗？"

小姑娘点点头说："当然知道啦！当然啦！"

罗比继续问道："你家住在哪儿啊，奶奶？"

"火车站路30号，可我需要别的衣服。"

"奶奶，5乘以6等于几？"

"30。我的脚不疼了！"

"求求您，奶奶，"罗比恳求着说道，"您至少得正儿八经地发一次rrrrrr。"

"lllllll①。"奶奶说着就从马路边走到草坪上，开始翻起跟头来。可是她身上的大裙子碍她的事。她说她对这件巨大无比的衣服已经忍无可忍。说完，她就把大裙子脱了下来。

罗比跑到奶奶身边，一把抓牢她，用她的衬裙把她包紧，然后扛在肩膀上，就这样沿着大道往城里的方向走。奶奶的鞋子，袜子，手提包，连衣裙干脆就随它们去吧，不要也罢。

---

①变成小姑娘的奶奶仍然把"r"音发成"l"。

第四章

不可思议的小奶奶

小奶奶兴高采烈地骑坐在罗比的肩膀上。罗比被这罕见的重量压得气喘吁吁。这时,一辆轿车在他们身边停了下来。司机从车窗里探出脑袋,表示可以把这两个可爱的小孩儿带上一程,因为他正打算进城去。

罗比坐到司机旁边的座位上。小奶奶坐在罗比的腿上。这个男人——自称是布鲁纳先生——问小姑娘的衣服都到哪儿去了。罗比该怎么回答他呢?罗比还在考虑该怎么回答布鲁纳先生呢,奶奶就编了一个故事,听得罗比目瞪口呆。虽说她还是发不出"r"这个音,但除此以外奶奶真是出口成章。奶奶说在树林里遇到了强盗,他们抢走她的衣服给强盗公主穿,还说穷人的孩子急需她的内衣做尿布,又说他们把她的鞋带扯下来织毛衣去了,后来走过沼泽地的时候,鞋子因为没了鞋带,所以陷进沼泽里了。

"这故事真奇怪。"布鲁纳先生说。

"没错!"

布鲁纳先生侧身对罗比说:"你妹妹可真是个大骗子。"

"我不是他妹妹,我是他奶奶!"

布鲁纳先生这下可乐坏了。他笑个不停。渐渐地,小奶奶生气了。

"把您逗笑实在是太容易了。"她生气地说。

"你别太放肆!"罗比轻声说。

"我怎么放肆了?我有资格向这位年轻人阐明我的观点。"

这话在布鲁纳先生听来还是可笑。他乐呵呵地说:"你妈妈要是见到你不穿衣服到处乱跑的话,一定会打你的。"

"我妈早死了。您就尽管笑话我吧。有本事您给我买新衣服穿呀!"

罗比为他奶奶感到害臊,他恨不得马上跳下车去。他小声对她说:"快别向别人乞讨了吧!"

"为什么?我需要衣服呀!"

布鲁纳先生觉得小姑娘说得在理。他好久都没有笑得像今天这么开心了,他打算给小姑娘买一件漂亮的连衣裙。

当他们开到城外一条商业街时,布鲁纳先生在一家

儿童时装店门口停下车来。罗比不愿跟进店里去。他待在车里。儿童时装店门口站着一位营业员。布鲁纳先生抱着小奶奶,大声向营业员说:"快点儿!快点儿!我们要给这位小奶奶买一条红裙子!"

"我还要袜子和红鞋子!"

"还要一根头绳。"布鲁纳先生笑着说。

"我还要一身内衣。"小奶奶高兴地说。

罗比有生以来第一次希望自己最好没有这个奶奶。

没过一会儿,布鲁纳先生回来了,手牵着自豪的小奶奶。他笑着说:"真是闹死了!小家伙差不多把整个店都闹翻了!她一会儿说纽扣的洞眼锁得太差,一会儿又觉得衣服边缝进去太少。哈哈哈哈!你们的父母真可怜!"

小奶奶气得不吭声了。5点钟,布鲁纳先生在公园附近停了下来。

"万分感谢您,先生!"小奶奶说。

布鲁纳先生笑嘻嘻地回答:"欢迎你到我家玩,小宝贝。我太太总是吵着要孩子。她该认识认识你!认识你之后她就不会再有这个念头了!哈哈!"

罗比抱着奶奶赶紧下了车。

"哎哟!"奶奶大声喊道,"对待老年人要动作轻一点儿!"

说完她跑着跟在罗比身后,高兴她的脚终于不疼了,还高兴她有了条新裙子。走到十字路口,他们停下来等红绿灯。奶奶轮换着脚蹦蹦跳跳,边跳边唱道:

红灯停,

绿灯行,

奶奶现在要跳绳!

她歌声嘹亮。所有和他们一起等红绿灯的人都笑

了。罗比突然看见他姐姐站在离他们仅两步远的地方。艾娜倚在一根电线杆上,从一个纸袋里掏出樱桃来吃。这时奶奶也看见自己的孙女了。她拽着罗比向艾娜走去。艾娜用嘲讽的目光打量着弟弟,然后说:"你找来的大玩具可真不错,我亲爱的弟弟!"

小奶奶不在乎她这一套,说:"艾娜,亲爱的小艾娜,猜猜看,我是谁!"

艾娜吐出的樱桃核飞过奶奶头顶,她边摇头边问弟弟:"嗨,这个小笨蛋到底是你什么人?"

"我是你奶奶!"

罗比的心脏一下子停止了跳动。艾娜这下会说什么?艾娜会有什么反应?

艾娜再次用手掌拍了一下自己的脑门儿,又越过奶奶头顶吐出一颗樱桃核,然后便扭头走了。

起初奶奶暗自伤心。当她看见马路对面站着的托米、米歇尔和巴斯蒂在向他们招手时,她又转忧为喜了。

"绿灯了,罗比!"她拉着罗比过马路。

罗比的朋友们吃惊地看着这位小姑娘拉着他们朋友的手过马路。见到罗比多了这么一个小伙伴,他们看上去并不高兴。

"我们本来想打网球去的,"巴斯蒂说,"可带着这个小家伙就去不成了。"

"你能把这小家伙送到什么地方去吗?"托米问。

"她到底是你的什么人?"米歇尔想弄个明白。

罗比说不出话来。他想把事情的原委向朋友们解释清楚,这时他才发现此事是多么令人难以置信。他轻声说道:"这是我奶奶。她吞下去的返老还童药超过了剂量!"

朋友们大声笑了起来。

"她真是我奶奶呀!"罗比强忍着不让眼泪流下来。

"我真是塞弗第茨奶奶啊!"小奶奶也喊道。

"那我就是青蛙国王。"托米嬉笑道。

"我是白雪公主故事里的第二位小矮人!"巴斯蒂笑道。

"你们都是笨蛋。"小奶奶气急败坏,怒视着这一群狂笑的小家伙们。

托米蹲下身来:"罗比给你什么了,收买你骗我们说你是他奶奶?"

奶奶生气地伸长舌头:"呸!"

"我说呀,亲爱的奶奶,"巴斯蒂笑道,"你这样可真没规矩!"

米歇尔觉得这么闹太无聊。他一点儿也不喜欢小女孩,更不喜欢连话都说不清的小女孩。他从裤子口袋里掏出一块泡泡糖,剥开糖纸,仔细地看了一会儿糖纸里

夹带的漫画,把泡泡糖塞到嘴里,拼命嚼着,一心一意忙着吹出一个大泡泡,根本没有听见别人说什么。

大泡泡破了以后,他又把注意力转向同伴,发现托米和巴斯蒂正用惊讶的眼光注视着小姑娘。

小姑娘正在用纸折一只所谓著名的塞弗第茨式纸鸟。只有塞弗第茨家的奶奶会折这种纸鸟,这个谁都知道。她是跟一位日本人学的。纸鸟有一条漂亮的长尾巴,拽它一下,鸟的两个翅膀和鸟嘴就会舞动起来。要是让鸟飞起来,它会在转完三个圆圈后用一种美丽的姿态滑翔到起飞点。

现在奶奶的纸鸟已经折好。她一拽鸟尾,鸟的翅膀和嘴都跟着动起来。随后她把鸟射向高空。鸟儿在高空盘旋了三个美丽的圆圈后落回到奶奶的脚边。

"怎么样,这回你们相信了吧?好吧,我去借一根跳绳来。"

"当然啦,请,您请便。"托米结结巴巴地说。

米歇尔把糊在下巴上的泡泡糖抹干净。他睁大双眼紧盯着那只纸鸟。

"真见鬼。"他低声自语。

小奶奶蹦蹦跳跳来到沙地上①。她马上和另一个小姑娘商谈起来,想讨人家的跳绳用。一把跳绳拿到手,她就向孙子和孙子的伙伴们招手,并率先躲到那些运动器械后面去了。

朋友们坐到公园的长椅上。

"快把故事讲给我们听。"巴斯蒂请求道。

罗比讲了事情的来龙去脉,朋友们认真地倾听着。他们一次都没打断他的话。最后罗比轻声说:"于是她就成了现在这个样子了。"

"她看上去很可爱。"托米说,显然这不像是真心话。

"我想要我奶奶还原成老样子!我需要奶奶!"

"瞎说!我没有奶奶,不也活得好好儿的吗?"巴斯蒂无动于衷地说。

---

①在奥地利,一般城市里到处都有对公众开放、免费出入的儿童游乐场。每个游乐场都有一小片沙地,也有各种供儿童玩耍的运动器械。

米歇尔说:"唉,要我说,这真是棒极了!这事肯定会引起一场风波的。记者和电视台都会来,让你们全家都出名。奶奶可真的成了世界奇迹了。这条新闻可以卖一个大价钱呢!"

"把我奶奶卖掉?你疯了吧?"

"笨蛋!我说的不是卖掉你奶奶,而是卖掉你奶奶返老还童的故事。这个故事值好几百万呢!就为这种事,出版社和报社可舍得花大价钱了。你爸妈从现在开始再也不用工作了,你们全家光靠奶奶就可以过上好日子!"

"这可不行!"罗比生气地说,"我可不会拿奶奶招摇过市。那样的话,大家都会笑话她,就跟那讨厌的布鲁纳先生一样。"

"那你准备拿她怎么办?"米歇尔用嘲讽的口吻问道。他的自尊心受到了伤害,因为他那商业化的建议没能引起罗比的共鸣。罗比手足无措地看着大伙儿。是啊,拿奶奶可怎么办呢?

这时他们议论起来:小奶奶个子会长高吗?她是不是该上学去?爸爸见到自己的妈妈变了模样会不会高兴?别人要是问奶奶有多大年纪该怎么回答?罗比放学后还能上哪儿去?小奶奶要不要人随时照看?小奶奶的身体健康不健康?返老还童对她身体会不会有坏处?

没有一个问题罗比能回答得上来。巴斯蒂做出如下

决定:"不能让她这样下去。她必须变回老样子!"

"怎么才能让她变回去呢?"罗比哭鼻子了。

巴斯蒂在想办法。他说:"也许巴特先生有解药,一种能把返老还童的人再变回去的药。今天已经来不及了。明天放学以后我们去找他,让他想想办法。在这之前不许让任何人知道奶奶到底怎么了,包括你爸妈在内,罗比。他们要是知道事情真相,一定会小题大做,马上带奶奶去医院的。其实医生也没有什么办法。到头来大家都着急,闹得就像米歇尔刚才说的那样乱哄哄的。"

"那么明天早上以前我该拿奶奶怎么办呢?"

巴斯蒂又在想办法。"我们现在把奶奶送回家,让她上床睡觉。你有奶奶家的钥匙吗?"

罗比点点头。

"那明天早上呢?奶奶睡醒觉起来怎么办?还有整个一上午呢!奶奶肯定会到邻居那里,把真话都告诉邻居的。"罗比说。

"这好办!"托米大喊,"明天早上上课前我来接她,然后把她带到马特尔那里去。马特尔病了,但病得不重。他可以照看奶奶一上午。"

罗比伤心地摇摇头,告诉伙伴们这些计划都没有用,因为他没有巴特先生的地址。

"我根本没有料到事情会这样。那张记着巴特先生地

址的条子我连瞧都没正眼瞧上一眼。我只知道他住城外,因为我们坐在车里路过一个标有城界的路标。"

这下连巴斯蒂也没主意了。

"巴特先生的地址我负责去找。"托米说,"今天晚上我去找巴特老太婆。她住在我家附近,她一定知道她哥哥的地址。我妈今天夜里才回家。到那个时候我准保已经找到巴特老太婆了。"

米歇尔建议大家郑重起誓,决不透露有关小奶奶的秘密,可是没有一个朋友响应他的号召。

"米歇尔,你这个傻瓜,真拿你没办法。"托米叹息着说,"你的主意都是小毛孩才会有的。你以为我们都在做印第安人的游戏吧?这可是正经事!事关塞弗第茨奶奶的!你到底明白了没有?"

罗比把奶奶从儿童游乐场接回来。她累死了,又是打哈欠,又是揉眼睛,而且浑身上下脏兮兮的。托米抱起小奶奶,问她今天晚上敢不敢一个人睡觉。

"我说托米啊,我从来都是一个人睡觉的!"

奶奶又打了一个哈欠,然后就睡着了。巴斯蒂和米歇尔跟他们告别,然后就往家里跑。

"要我来抱奶奶吗?"罗比问。

"不用了。我愿意抱她,她不重。"

罗比跑到奶奶家。托米抱着奶奶气喘吁吁地跟在他

身后。小奶奶并不像托米想的那么轻。她重得像一大袋面粉似的趴在他身上。她的头耷拉在托米的肩膀上,头发痒痒地挠着他的鼻子,钻进他的嘴巴。

小奶奶趴在托米的肩膀上沉睡着。当托米把她放到床上时,她醒了。罗比从头上给她套上一件肥大的睡裙。

"明天早上7点托米来接你。"罗比对她说。

"好的。"说完奶奶又睡着了。

托米仔细打量着熟睡的奶奶,说:"她真是脏透了。我们是不是该给她洗澡?"

罗比不想给奶奶洗澡了。当托米走进厨房去吃果馅儿糕的时候,罗比关上所有窗户并把电话听筒搁在一边。这回不会有电话铃响了。

托米把最后一个果馅儿糕塞进嘴里,含含糊糊地说:"就光冲着这果馅儿糕也得让她变回老样子。"

两个小男孩踮起脚尖,悄悄地走出门去,锁上大门。托米把钥匙收好,说:"你快回家吧,罗比!已经很晚了。"

第五章

四个臭皮匠的一晚

米歇尔的妈妈满脸愁容地站在大门口。

"宝——贝儿,这么晚了你到哪里去了?可把我急坏了,宝——贝儿。"

米歇尔气势汹汹地趿拉着鞋跟在她身边往楼上走,边走边说:"宝——贝儿!老叫我宝——贝儿,都把我烦死了!别老喊我宝——贝儿,好不好?"

"从今天开始我就叫你米夏埃尔①!同意吗,宝——贝儿?"

米歇尔叹口气,不说话了。吃晚饭的时候爸爸问:"宝贝儿,今天这么长时间都干什么去了?"

"在公园里,和罗比还有他奶奶在一起。"

"塞弗第茨太太身体怎么样?她的脚好点儿了没有?"妈妈问。

---

①米夏埃尔是学名,米歇尔是米夏埃尔的昵称。

"她返老还童了!"米歇尔从来没有保密的本事。

"用的是激素疗法?"妈妈吃惊地问道。

"不是的!用的是一种仙药!她现在看上去像五岁的小姑娘,可我们……"

"宝——贝儿!"爸爸妈妈一齐喊道。这回可真是拖长了七个"宝"字的音。

"他真发疯了!都是你管教的好结果,不奇怪!"爸爸这样对妈妈说。

"他没疯!他富有想象力。这是智慧的标志。"妈妈为她的米歇尔开脱。

这时米歇尔走进卫生间,把门从里面锁上,然后一屁股坐到洗手间的地上,气急败坏地大哭起来,因为没有人相信他说的是真话,也因为他泄露了秘密,更因为爸爸妈妈叫他宝——贝儿。这时妈妈来敲洗手间的门,问宝——贝儿是不是有哪儿不舒服。

米歇尔从洗手间里出来。他走进自己的房间,躺到床上。他刚把被子抖松,盖到身上,就见到妈妈手拿体温计走进屋来。米歇尔必须脸朝上躺平,把体温计塞到腋下。妈妈挨在床边坐下,开始朗读《沙子人月球山脉历险记》的故事。这是她最爱看的书。

米歇尔闭上双眼,幻想着自己成了飞行员,驾驶着自己的运动型飞机飞往印度,去找一个苦行僧,好向他

讨一服解药。当他刚刚卷入一股危险的龙卷风气流中时,妈妈就把体温计从他腋下取了出来。"36.6摄氏度!我们的宝——贝儿没发烧!"

米歇尔紧闭着双眼,等妈妈走出他的房间。随后他又陷入龙卷风暴中。

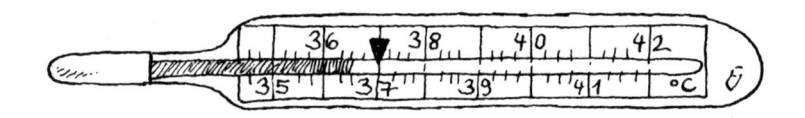

巴斯蒂的妈妈正在接待五位来访的女士。女佣楚亥女士站在厨房里,正忙着把牙签分别插在橄榄、果仁、火腿块和奶酪上,牙签的另一头插上切成小块的橙子丁。然后她把它们一个个整齐地摆放在一个玻璃盘上,又把玻璃盘放进一个银盘子里,银盘子又放在一块绣花桌垫上。这一层套一层的摆设最后还要放到一块檀香木板上,这才好端给客人。她直嫌工序太多。

巴斯蒂倚靠在厨房门上看着她。他笑了:"你干吗骂骂咧咧的,楚亥?你不这么做不就行了?把奶酪和火腿放到一个盘子上,再摆上几把刀。这帮女士一定会自己动手抹面包的!"

"嘿!"楚亥做了个鬼脸,"你猜你亲爱的妈妈会跟我说什么?"

"那你就不用再干下去了！这不就省事了！"

"然后我就到另一位贵妇人那里，帮她把牙签往橙子块上扎！对不对？"

"难道你非去贵妇人那里不可吗，去打扫卫生，熨衣服，往橙子块上插牙签？"

"我干这活儿绝不是出于兴趣爱好。"

"喂，楚亥，没有男人给你钱吗？"

楚亥把双手叉到腰间，用同情的目光看着巴斯蒂："亲爱的巴斯蒂！我丈夫一个月挣的钱和你爸爸一天的工资差不多。我一个礼拜从你妈妈手上拿的钱和她到发廊里做个新发型的花销一样大。这个你懂吗？"

巴斯蒂走到浴室里了。他听见妈妈在客厅里叫他："巴斯蒂，小巴斯蒂。你这小宝贝，快来见见我的客人呀。快拿出点儿绅士风度来呀！"

巴斯蒂心想：那好吧，妈妈大人，就依了你一回吧。他站到镜子前，梳出一个光溜溜的中分头，鼻梁上架上一副金丝边圆玻璃眼镜。昨天在学校里他戴这副眼镜可是出尽了风头。随后他走进客厅。

爸爸愁眉苦脸地陪坐在叽里呱啦的女人堆里。巴斯蒂避开妈妈惊异的目光。他向每一位女士鞠了一躬，接着便开始"恭维"她们。他问那位最年轻的女士，她的孙子们近来一切可好；他对另外一位女士说，她近来又胖了

不少；他还对一位女士说，她的假发戴歪了。他打听是不是哪位女士的孩子今年要留级，还问某位女士的丈夫是否真的要宣告破产。

妈妈气得大喊："滚开！"

巴斯蒂傻乎乎地透过金丝边眼镜看着妈妈说："难道你的小巴斯蒂缺乏绅士风度吗？"

妈妈站起身把他赶出门。巴斯蒂望着爸爸,发现他满脸的愁容消失了。巴斯蒂把金丝边眼镜推到鼻尖上,对爸爸眨眨眼。爸爸也把眼镜架到鼻尖上,向他眨眨眼。这动作小心翼翼的,没让别人发现。

爸爸这个可怜虫真是个胆小鬼,巴斯蒂一边寻思着,一边走到前厅的穿衣架前,往女士们的大衣口袋里塞酸黄瓜。

这天晚上托米挨家挨户打听巴特太太的住处。他问过楼房管理员,也问过小卖部的营业员。他问过挤牛奶的农妇,还问过饭店的跑堂。他向卖盐面包圈[1]的人打听过,也问过在人家帮工的保姆。没人知道巴特太太住哪里。他甚至问了早就退休了的中学老师哈伯塞茨先生。哈伯塞茨先生虽然认识巴特太太,却不知道她住在什么地方。他认为她是个坏蛋,年轻人不该跟这种人来往。他劝托米对巴特太太提高警惕,并送了他一张小小的,单面上胶的,画有矮人布姆斯蒂的粘贴画。

托米向有胶的那面吐上唾沫,把画贴到了近视的中学老师的肚脐眼儿上。

托米垂头丧气地回到家,家里没人。他姐姐和妈妈在咖啡店里上夜班。两人本来都是裁缝,可是在咖啡店

---

[1] 一种小吃,烤脆的细细的面包圈,外面蘸上盐粒。

里工作的工资高。自打托米的爸爸搬出家,他们就急需用钱。有时托米会到妈妈上班的咖啡店里去,隔着扇大玻璃窗看妈妈替别人端咖啡。妈妈腰间系着一方小小的白色围裙,脸上化了妆,看上去既年轻又和善。一回到家,她往往脚刚一跨进房门就把鞋给脱了,因为两只脚肿得高高的。另外,她也头疼,如果托米有一个小时能不开口说话,她就送他十先令。

可是今天妈妈上夜班。他甚至没法用不开口说话来挣上十个先令。冰箱的冷冻柜里有他的晚餐——奶酪和香肠,跟昨天一样,跟前天也一样。托米换了换花样,拿了一片厚一点儿的奶酪,上面撒上面包丁。他把香肠卷成小球球。没用。味道和昨天一样,和前天还是一样。

Mr. Bats Meisterstück oder
Die total verjüngte Oma

托米上好闹钟,把姐姐的睡裙放到枕头上,关灯,上床。每当托米感到特别孤单的时候,姐姐的睡裙都能帮上他的忙。他把鼻子埋进软绵绵的睡裙里。睡裙里夹杂着迪奥香水、发胶、香烟和姐姐常用的化妆品的味道。托米闻到了粉红色、紫罗兰色、金黄色,无论冬夏,这气味都给他一种凉爽的感觉。托米还没闻上一分钟就睡着了。

罗比到家的时候,全家人正忙着做晚饭。爸爸弯腰摊开好几本烹饪书,比较着不同的菜谱,发号施令。艾娜向妈妈解释说:"爸爸说,我们要用龙蒿芥末。"

"当然,当然,爸爸说要用龙蒿芥末我就用龙蒿芥末。"妈妈边说边往牛排上抹克雷姆芥末。这时她看见罗比进门,就问他:"嗨,你在生谁的气呢?"

罗比摇了摇头。"要是因为测验得了个5分[1]的话,"艾娜说,"你不用着急!我今天一口气得了三个5分呢!"

"三个5分?"妈妈惊讶得放下手中的芥末。

"是啊!"艾娜骄傲地向大家宣布,"拉丁语、英语和希腊语。"

"英格,你再往牛排上撒一点儿新鲜的芥末,"爸爸叫道,"芥末要用新粉碎机来磨。"

---

[1]在奥地利,学校里实行6分制。1分为优,4分是及格线。

艾娜的三个5分竟然丝毫没有破坏家里的欢快气氛。罗比觉得家人太幼稚了。在饭桌上,罗比问爸爸:"您认识巴特老太婆吗?"

"谁会不认识她呀!"

"你们是说穿真丝睡衣的疯婆子巴特吗?"

罗比追问下去:"你们认识她哥哥吗?"

"当然认识啦!"爸爸笑着说,"这家伙可真叫疯狂。不知道他现在还活着没有?我至少已经有三十年没有见过他了。从前他住在一块自己买的土地上,自称是天才。那时候他想飞到月亮上去。他可真是个善良的疯子。"

爸爸那一段又一段有关这位善良疯子的故事罗比再也听不下去了。他上床睡觉去了。没洗澡、没刷牙、没梳头,指甲缝里都是泥。就这样,罗比躺在床上,试图不去想奶奶的事。

他数着羊羔:1、2、3、4……他一直数到500只,又从500只数回来。可是没用。他睡不着。艾娜轻手轻脚地钻进房间,爬到上铺。罗比一直都没睡着。立钟敲了一下。是10点还是11点呢,要不就是12点,或者已经1点了?罗比突然想起忘记背诵《城里的孩子》那首诗了。他试着默念其中的诗句:

我是一个城里的孩子,人们都说……都说……都嘲讽地说……城里的孩子……城里的孩子没有家。我的游

Mr. Bats Meisterstück oder
Die total verjüngte Oma

戏中响着的……响着的……响……

罗比睡着了,他在做梦。他梦见小奶奶一边穿过公园里的一条路,一边朗诵着《城里的孩子》那首诗。突然间,巴特先生从树丛里钻了出来,一把揪住小奶奶,把她吹大。一直吹到她爆炸。

罗比吓醒了,浑身是汗。房间里漆黑一片。可能是他大声叫喊的缘故,艾娜从上铺探下身来,问道:"小东西,你怎么了?是肚子疼还是害怕?"

罗比没有做声。

然后他听见艾娜自言自语道:"看样子这家伙犯神经病了!"

第六章

纠结的课堂

罗比继续梦着公园和奶奶。奶奶又老又高,就像往常一样,太阳照耀着,奶奶会发"rrr"的音了,听上去就像一首美丽的诗,罗比能背得出《城里的孩子》的全部诗句。

这时妈妈晃动着罗比的肩膀,大声叫道:"罗比!罗比!快醒醒!我们睡过头了!"

安静点儿!罗比在睡梦中命令自己。千万别醒来!现在这样才正常。千万别醒来!继续梦下去!

可是妈妈一直站在床边,一边晃醒他一边说:"快醒醒!你今天没来叫醒我们!现在已经7点30分了!你要迟到了!"

罗比从床上跳了起来。全家清早的固定节目被彻底打乱了。艾娜不吃胡萝卜了,也不做体操了。爸爸穿着裤衩站在厨房里喝咖啡,手里攥着车钥匙。没人催罗比去洗澡。还有,他得到的不是面包而是五个先令。他没有等

他们,而是跑步到了学校,气喘吁吁地跑进教室里。他和老师同时来到教室门前。罗比抢先一步,一把拉开教室的门,向老师鞠了一躬,恭请老师步入课堂。

当罗比坐到自己座位上的时候,他的心脏狂跳起来。他的邻座是空的。托米的座位是空的。托米人呢?奶奶到哪里去了?我要找奶奶去!罗比心想,我干脆站起来往外跑吧。

米歇尔从背后捅捅他:"托米在哪里?"

这么说米歇尔也不知道托米和奶奶的下落。罗比望着巴斯蒂。巴斯蒂耸耸肩膀,他也一无所知。米歇尔又从背后捅捅罗比:"怎么了,罗比?我们现在该怎么办?托米到底上哪里去了?"

"我也不知道。"

"塞弗第茨!"老师的声音听上去有点儿激动,"你要想和朋友聊天就早点儿到学校来。现在是上课时间。"

然后轮到罗比背诵《城里的孩子》那首诗。

他开口道:"我是一个孩子……"

心想:我要去找奶奶……

他重复一遍:"我是一个孩子……"

"你是一个孩子,这我们已经知道了。"

他又想:奶奶的家门我是进不去了,钥匙在托米那里。

国际大奖小说

"你能不能行行好,再多告诉我们一点儿?"老师说。

翁鲁士卡大笑起来。每次老师开玩笑他都大笑。只要老师讲一个新笑话,他就控制不住自己。

"怎么,什么时候能想出来,塞弗第茨?"老师催促道。罗比继续沉默着。巴斯蒂站起来,解释说:"老师,求求您,罗比不舒服,他想吐,他把胃弄坏了。他今天早上已经吐过一次了。"

巴特先生的返老还童药   54

老师看罗比的目光中既有将信将疑又有怜爱的神色:"你看上去确实气色不好。怎么没躺在床上休息呢?"

巴斯蒂替罗比回答说:"他家没人。他不想一个人待在家里。"

"噢,原来是这么回事。"老师喃喃自语,"那你快坐下来吧,宝贝儿。"

罗比一屁股沉坐到自己的位子上。他悄悄地看了看手表。8点30分,他想,这下托米来不及上课了。我必须有所行动,他心想。我干吗还坐在这儿呢?巴斯蒂已经替我做好铺垫了。如果我现在站起来对老师说,我实在是难受极了,她一定会放我回家的。她一直在用关心的目光看着我呢。

罗比正筹划着如何表现出越来越难受的感觉时,教室门开了,托米走了进来。罗比心里的石头落了地,把举起的手又放下了。

托米说:"对不起,我……"

"你坐下,米勒保尔!"老师说,"迟到的原因你自己找班主任去讲!"

紧接着,她操起教学日志并写下如下文字:

托马斯·米勒保尔[1]8点39分到!

---

[1] 托马斯·米勒保尔是托米的全名。

句末她画上了三个惊叹号,这样好让班主任知道她到底有多么气愤。

托米蹑手蹑脚地走到他的座位上。

"奶奶怎么样?"罗比悄声问道。

"一切正常。"

"喂,你也跟我说说呀。"米歇尔从后排小声说,"喂,我也想知道事情怎么样了!"

老师把《语言的世界》狠狠地摔到讲桌上,声明这样唧唧喳喳,喊喊喳喳,叽里呱啦,她没法上课。要是塞弗第茨不舒服,他就该回家或者见鬼去;米勒保尔8点39分才来,还不如不来。她要把他赶出课堂去,再加上米歇尔,也加上所有斗胆大笑的人。她再一次举起那本《语言的世界》,重重地把它扔到桌子上。老师的怒火越来越大,她脸上和脖子上开始被红色斑块所覆盖。这些红色斑块开始从衣领下钻出来,经过脖子,爬到下巴和脑门上。起初看上去像风疹,然后像麻疹,再往后老师看上去就像一只红白相间的狮子。这些孩子们见过老师这狮子般的面貌。唧唧喳喳,喊喊喳喳,叽里呱啦的声响骤然消失了。他们个个都死死盯住桌面。没谁敢动弹一下。一点儿摸索纸页的声音都没有。经过三分钟绝对的死一般的寂静,老师又恢复了常态。那些斑块又退回到领口之下去了。渐渐地,缓缓地,班上又有了生气。最紧张的时刻

过去了!

老师脸上的红斑有可能变得更厉害,这他们已经领教过好多次了。她会变得像红底白花的蘑菇一样,然后浑身哆嗦着颤抖着走出教室,跑到校长室,哭哭啼啼地请校长把她调到女中去教书。在这种情况下只有以绝对安静来对付老师。

老师恢复平静之后,巴斯蒂自告奋勇地举手要背诵《城里的孩子》。当背到第二段"铺路的石头落下来……"时,下课铃响了。

托米、罗比和巴斯蒂紧跟在老师身后走出教室。米歇尔跑着跟上他们。他们站在走廊窗户前,装作往窗外观望的样子。托米叹着气说:"谁都知道巴特老太婆,就是没人知道她住在哪儿。"

"奶奶在哪儿呢?"罗比问道,"她还在马特尔那里吗?"

托米心满意足地笑道:"不,她在幼儿园里呢。"

"什么?她在哪儿?"

托米汇报说:"今天早上一切都好好儿的。我到奶奶那里去的时候,她已经穿好衣服梳好头了,这样我们就去找马特尔。这家伙可不是有一点点病哟,他得的是严重的咽炎,还发着40摄氏度的高烧呢!而且他也不是一个人待在家里,他家有个阿姨照顾他,给他从上到下灌

满汤汤水水。我可不能把奶奶交给那位阿姨。可我还有什么别的办法？我只好问奶奶愿不愿意和小孩子们一起玩玩，她回答说很愿意。这样我就拉着她冲向我以前上过的幼儿园。幼儿园阿姨从前就喜欢我，我向她撒了个谎，说这小家伙是到我家做客的，而我妈妈今天一大早就上班去了。这位幼儿园阿姨虽说没什么坏心眼儿，可也不大乐意。她说她不能这么做。我做出一副愁眉苦脸的样子，奶奶也是。于是幼儿园阿姨的心软了下来，问奶奶叫什么名字。我想：奶奶会说她叫塞弗第茨。这下我可急了。好在奶奶表现极好。她说她叫艾丽丝，说着，还漂漂亮亮地行了一个屈膝礼。幼儿园阿姨对这屈膝礼满意得不得了，就答应把奶奶收留到中午1点钟，再迟就不行了。我两脚跨出幼儿园大门的时候，上学已经迟到了，于是我就打听巴特老太婆的地址去了，并且已经找到了一点儿蛛丝马迹。宠物店老板告诉我，最迟明天她就没有蝙蝠饲料了。她去店里买蝙蝠饲料的时候，他会问她住在哪里。"

"什么饲料？"米歇尔吃惊地问。

"蝙蝠饲料。"

"她养蝙蝠呀？"米歇尔惊异得回不过神来。

"管他呢，随便巴特老太婆养什么宠物。"巴斯蒂生气地说，而米歇尔却不肯松口。

"蝙蝠吃什么呢?"他很想知道。

"你就没别的事情可操心了,你这笨蛋!"托米叹气道。

上课铃响了。他们必须回到教室去。这节课是自然常识课。米歇尔马上问老师蝙蝠吃什么。老师告诉他说,蝙蝠最喜欢吃的是蜘蛛、苍蝇和甲壳虫。

"那么请问老师,"他继续问道,"蝙蝠可以当宠物养在家里吗?"

"不行!"老师回答说。

"你们瞧!"米歇尔悄悄地向前排说,"蝙蝠根本就不能养在家里的。巴特老太婆不可能养蝙蝠!老师说得总没错吧!"

托米转回身来瞧着米歇尔。他轻声而认真地说:"笨蛋,你住口。否则我的脑袋就要炸开锅了!"

米歇尔受到伤害,不吭声了。于是,老师可以不受任何干扰地讲完这节课的内容:狮子的口腔。

罗比对狮子的牙齿提不起兴趣。他注视着自己手表上的秒针。时间过得可真慢。等我们听完狮子的牙齿,还有两节音乐课,最后还有马莎切克的数学课。我要是在背《城里的孩子》的时候一走了之就好了。

自然常识课的老师把罗比的思路拉回到现实中来。

"现在请塞弗第茨画给我们看,到黑板上来画!"

罗比站起身来。他穿过一排排课桌椅走上讲台。边走他边向同学们打听:"让我画什么来着?"

"狮子的口腔构造。"有人悄悄提示他。

罗比走到黑板前,拿起一小截粉笔,在黑板上画了一个圆圈。在这个圆圈底下他画了一个小圆圈,写下一个"一"字。这狮子一定会有一颗门牙的,罗比想。当他看见老师满意地点了点头时,罗比在这第一颗牙齿边又画上一个小圆圈,在圆圈底下写上了一个"二"字。老师又点了点头。这下罗比可不知道怎么画下去了,而看样子老师还在等他画许许多多牙齿呢。马上快发成绩单了,可不能让老师等太久。罗比想逃出这一窘境,只有一招:他往粉笔上吐了一口唾沫,然后歪着画,这样,在他画圆

圈时就能发出一种尖尖的怪声。自然常识课老师是个对声音很敏感的人。当罗比在黑板上又画出两个圆圈,老师就捂住双耳把罗比赶回座位上。这回翁鲁士卡有幸把狮子口腔构造画完。

罗比又专心致志地打量起他的手表来。

第七章

寻求解药之旅

当罗比和他的朋友们坐在音乐教室里高唱"狂放的打猎"时,奶奶正在幼儿园里玩耍呢。

现实并没有她想得那么美好。三个孩子在墙角搭积木,第四个孩子插不上手。玩布娃娃的房间也是人满为患。她个愿做翻绳的游戏。她朝一个漂亮的男孩子笑笑,那个男孩却朝她做鬼脸。跳绳的孩子们不许她参加,唱歌的孩子们也不许她加入,还不许她站在敞开的窗户前面。当她打算轻手轻脚地离开幼儿园的时候,却被一声大叫喝住了。一个小姑娘故意踩在奶奶的脚上。奶奶抬手扇了小姑娘一个耳光。这在幼儿园里可是不允许的。因此,从11点开始,她就被赶到了穿衣间罚坐。她坐了一个小时,坐得实在无聊了,就决定找点儿事做。她把长凳下摆着的一双双鞋都拆开来放,又把衣架上贴有幼儿园标志的贴画都撕了下来。

她走到洗脸池前,把水龙头打开,再用拇指堵住水

Mr. Bats Meisterstück oder
Die total verjüngte Oma

龙头的出水口。每次当她稍稍移开拇指时,水柱都喷射得很漂亮,只可惜穿衣间的四面墙壁都被弄湿了。

托米来接奶奶时,正巧那位幼儿园阿姨刚刚发现被打湿的墙壁。

"真是不能让人相信!这么淘气的孩子!我从来没有见过这么淘气的孩子!你怎么还不害臊!"

小奶奶摇了摇头:"在您这里不许我这样不许我那样,真是无聊透顶!"

"这真是不可理喻,不可理喻!托米,这个孩子一辈子都不许再进我这幼儿园的大门,一辈子都不许再进来!"

托米牵着奶奶的手。奶奶给生气的幼儿园阿姨行了一个屈膝礼,说:"我要是早知道您这么不讲道理的话,说什么我也不会把我孙子送到您这里来的。"

"你孙子?到我这里来?"

托米拽着奶奶离开穿衣间,跑出幼儿园。幼儿园阿姨呆住了,喃喃地说:"她孙子?送到我这里来?真是让人想不通!"

"破幼儿园!"

"这个淘气包!"

幼儿园阿姨叹着气,正想发布一通关于淘气包的至理名言,这时,她吃惊地发现一个小男孩正想进女生厕所。这是严格禁止的。她跑进女生厕所,一把抓住那个小男孩,大喊道:"嗨!彼得!"随后她精疲力竭地跌坐在一个沙发椅上,对手捧着一盆菠菜,正穿过穿衣间向自己走来的幼儿园助理说:"这回看到了吧,你看坏毛病传染得有多快!这下彼得都上女厕所去了!"

幼儿园助理一声不吭。她根本没听见幼儿园阿姨说的是什么。她吃力地盯着手中那盆菠菜,心想:我在家做的菠菜总是深绿色的。幼儿园的菠菜却是灰色的。她想:面粉放多了。可这话又被她一不小心溜出了口:"面粉放得太多了!"

"哪儿有面粉?"幼儿园阿姨问道,"女生厕所里有面粉吗?"

"女生厕所里有什么?"幼儿园助理问。

"彼得!"

"噢,原来如此!彼得!"幼儿园助理低声自言自语。

"那面粉在哪里呢?"幼儿园阿姨问。

"当然在菠菜里啦。"幼儿园助理解释说。

"那就对了嘛。"幼儿园阿姨坚定地说。

"可不该一加就加一公斤呀。"幼儿园助理瓮声瓮气地回答。然后她捧着菠菜走进饭厅,大喊:"孩子们!香喷喷的菠菜来啦!"

罗比和巴斯蒂在幼儿园门口等待着。不用托米开口解释什么,他们早把幼儿园阿姨的高声叫骂听得一清二楚。

"我再也不进去了!"小奶奶气愤不已。

"当然不,永远也不进去了!"托米安慰她说。

小奶奶把双手叉在腰间,问这些男孩子:"为什么你们不让人知道我到底是谁?"

"奶奶,您听着,"巴斯蒂开腔道,"人们的想象力并不丰富。他们不会相信有这样的事。"

"然后呢,"托米一边抚摸着奶奶的头,一边接着往下说,"然后呢,然后我们怎么办?您不想去幼儿园了,您想上小学吗?"

奶奶坚决地摇摇头:"我一点儿都不喜欢上学。"

"幼儿园您不喜欢,小学您也不喜欢,那么您喜欢干什么呢?"

"跳绳!"

托米笑了:"我们也宁可跳绳也不要上学啊。可是没谁会批准我们这么做。"

"谁会有权禁止我做什么?我已经活到七十岁了!"

"可惜这话不对,奶奶,"罗比解释着,"您现在看上去顶多六岁!"

奶奶无奈地望着大家。

"罗比,告诉她我们打算怎么办。"托米催促道。

罗比正想开口说话,只见小奶奶从他们身边跑开,跑到一个陈列着布娃娃的橱窗前,把小脑袋紧贴在橱窗玻璃上。三个男孩都以为奶奶喜欢上布娃娃了。

托米说:"没法向塞弗第茨奶奶解释。她根本不听。她去看布娃娃了。她根本就什么都不在乎!"

可是小奶奶根本就没看布娃娃。小奶奶什么也看不见,她哭了。

巴斯蒂说,他们现在不能继续在这里漫无目的地站下去了,他们一小时之内必须找到巴特老太婆,否则就来不及去找巴特先生了。

"要是巴特先生没有解药呢,我们该怎么办?"罗比问道。

"那我还有一招,可是现在我不想说。"巴斯蒂说。

三个男孩都没察觉小奶奶又站回到他们身边。

小奶奶向罗比要一块手帕,要到的却是巴斯蒂的。她拼命往里面擤鼻涕。

"你听见我们说什么了吗?"罗比问。

小奶奶点点头:"我都听见了。"

"奶奶,"罗比求她说,"你千万不要以为我们不喜欢你现在这个样子。不论你多大年龄,什么样子我都一样爱你。我发誓!"

小奶奶冲着罗比笑了。几滴眼泪顺着脸颊淌了下来。她揪着手帕的一角,把眼泪擦干。随后她坚定地说:"巴特太太住在格布勒尔街。"

"谢谢上帝,"托米叹口气,"我就知道她会明白的。"

小奶奶带领男孩们来到格布勒尔街。当他们站在48号门口时,奶奶说:"她住顶上,住在阁楼里。"

罗比、托米和巴斯蒂跟在奶奶身后穿过狭窄的走廊,爬上陡峭的楼梯。楼梯尽头是一扇没有把手的铁门。奶奶从头上取下一只发夹,斜着插进门上的钥匙孔里。门开了。他们走进阁楼,里面又大又暗。

"她在那边。"奶奶指着最远处的墙角说。

托米沿着奶奶手指的方向望去,看见那里有一个小房子。房子里走出一个人来,这个人对大家说:"有客人来了。好,我去开灯!"

房间一下子亮了起来。男孩们对所见的一切惊讶不

已。

巴特太太穿着紫色的镶边睡裙,蝙蝠从她身边飞来飞去,照亮阁楼的是一盏太阳脸似的灯笼。

他们决定称赞巴特太太的小房子。这小房子是用硬纸板搭建起来的。它有一扇硬纸板做的大门,房顶上有一个硬纸壳做的烟囱。硬纸壳烟囱里冒出的白烟是用棉花做的。房外墙壁上的玫瑰架是用纸贴上去的。房外有个小花园,花园里长满了塑料花。绿草是那种复活节时用来垫在鸡蛋下面的纸草。花园前有一个硬纸壳做的栅栏,上面贴着一个招牌:

阿拉贝拉楼

巴特太太一见到小奶奶,就大喊道:"艾丽丝,艾丽丝,看在蝙蝠的分儿上[1],你怎么了?"

"我到你哥哥那儿返老还童去了!"

"哦,蝙蝠啊,我的蝙蝠啊!"

罗比告诉巴特太太,他们在她哥哥那里都经历了些什么,并告诉她后来的情况如何糟糕。小奶奶不断点着

---

[1] 一般人都说"看在上帝的分儿上",她却说"看在蝙蝠的分儿上"。看来蝙蝠在她生活中十分重要。下文中有类似的地方。

头:"是这样的,真是这样的。"

然后巴斯蒂向她说明他们来是打算把奶奶变回原样。巴特太太听后,说:"我把你们送到我哥哥那里去吧。"

"怎么去呢?"罗比问。

"我知道一条比大路要近得多的小路。"

她走进小房子里,取出一件真丝雨披,把灯关上,从天窗爬到阁楼外面的房顶上。她喜欢从消防梯上爬出去,男孩们跟着奶奶从楼梯上走下楼去。当他们气喘吁吁地来到房门口时,巴特太太正倚在门边等他们呢。巴斯蒂向房顶上张望了一下,他根本看不见什么消防梯。他准备过一会儿再来思考这个问题。巴特太太带着他们绕过几幢楼,走到一个仓库门前。她从头上取下一只发夹,用它捅开了仓库大门。仓库里停放着一辆轿车。"这车是我哥哥造的。"巴特太太骄傲地说。她一边说着,一边爬到方向盘后面的座位上。随后她把车开出了仓库。

"这辆车是用溶洞列车造的。"托米笑嘻嘻地说。

巴特太太按按喇叭。托米、罗比、巴斯蒂和小奶奶上了车。溶洞列车像闪电一样出发了。瞬间工夫,他们就已经飞驰在大道上了。

几分钟之后,他们停靠在一面岩壁前。巴特太太跳下车,敲敲岩壁。岩壁裂开一道缝。巴特太太侧身钻进缝

中,其他人也跟着挤了进去。

他们站在一个箩筐做的电梯里,电梯慢慢地向上开去。

"这是我哥哥少年时期的杰作,"巴特太太称赞道,"他从前发明的东西都很实用。"

上面传来一个愤怒的声音:"你又用老电梯了!你真是只笨蝙蝠!"

Mr. Bats Meisterstück oder
Die total verjüngte Oma

71 巴特先生的返老还童药

电梯停在巴特先生厨房的正中央。巴特先生脸涨得通红,开口就大骂他妹妹:"瞧你还带来了一群孩子!没驾照竟然还带着孩子们开喷气式汽车!真该把你关起来!"这话刚说完,巴特先生就认出了罗比。"你好,我的孩子!你奶奶怎么样了?"

"万分感谢,我好得很!"小奶奶回答说。巴特先生紧盯着小奶奶看个没完。他脸色变得苍白,结结巴巴地说:"不,这不可能!"

"可能的,就是这样的!"巴特太太叹息道。

巴特先生摇摇晃晃地抓牢厨房里的沙发。他一屁股坐到了沙发上放着的一片抹了黄油的面包上。巴斯蒂看见了,却觉得现在不是提醒巴特先生的时候。

巴特先生用双手捂住脸。就这么着,他静坐了一分钟,然后他把双手从脸上挪开,深深地吸了一口气,用颤抖却庄重的声音说:"尊贵的女士,我很抱歉!我将领养您并试着做您的好爸爸。"

巴特太太搓着双手:"哥哥,你别光想着领养她。你应该到祖先的遗嘱里找到这魔水的解药。"

巴特先生摇了摇头:"用不着去找了。放遗嘱的盒子里只有一支治疗蝙蝠痔的药膏,一把镶金的大蒜,三只干蜘蛛和一小盒耳药。别的什么也没有!"

小奶奶转身对巴斯蒂说:"今天中午出了幼儿园之

后你说过,如果巴特先生没有解药的话,你还有别的办法。"

巴斯蒂犹犹豫豫不敢回答。

"你有什么好主意吗?"巴特先生问道。

巴斯蒂说:"您会化解物体!"

巴特先生点点头。

"您知不知道您的祖先生活在什么年代,什么地方?"

巴特先生又点了点头。

"那么我想求您用您的时间转换机把我送到您的祖先那里去。她会为我配制一服解药。我一拿到解药,您就把我接回来。"

巴特先生一下子从沙发上跳了起来。他激动得一遍又一遍地大喊道:"了不起!太了不起了!这是一千年来最好的主意!"

他一会儿拍拍肚皮,一会儿又拍拍他那沾满黄油的屁股。

小奶奶先是反对巴斯蒂的计划。她认为这个行动太冒险。可巴斯蒂解释说,他很乐意干这事。而且巴特先生保证他的时间转换机绝对安全。

罗比坚持要亲自为奶奶去取解药。"她是我奶奶,该我去才是!"他嚷嚷着说。

"不,"托米说,"巴斯蒂办这事一定比你强。"

巴特先生也赞成托米的意见，罗比也就不说什么了。其实他暗地里庆幸自己不用钻进时间转换机里，去找一位已经去世很久的女士。

大家决定在15点5分把巴斯蒂化解掉，再在17点10分把他接回来。巴特先生计算出巴斯蒂应该在16世纪某一天的清晨7点出现在巴特先生祖先的卧室里。

"可是，"巴特先生解释说，"你必须加紧行动。我只能放你去两个小时。我这机器现在还不能超过这个时间限制。"

巴特太太清了清嗓子，说："让这么小的小男孩一个人到16世纪去？这可不行。哥哥，你的时间转换机可以装下两个人。蝙蝠保佑，我可舍不得让巴斯蒂一个人去！我陪他去！"

第八章

错误的穿越

巴特先生吹着口哨走进厨房检查他的机器去了。巴特太太取来家谱,说:"我们还有整整一个小时的时间,了解一下我们的祖先大人是不会错的。"

家谱是用红色的软皮装订成册的。每一页用的都是真正的羊皮纸。巴特太太一边翻看家谱一边念念有词:"路德米拉,不对,她比祖先生活的时代晚多了。艾伯哈特、奥古斯都、沃尔夫、奥尔根、福里德里克、约瑟夫、阿尔文!男的,男的,统统是男的!每隔一百年他们才提到一个女的!"她转身对奶奶说:"我们家族里有特别出色的女性!只要想想我姑母阿德海德!可是,"她一拳砸在书上,"这上面一句提到她的话都没有!"说着,她翻开最后几页家谱。

"你们来呀,来看这里呀!这是我哥哥写的!他用了十页纸写他自己!哈哈!还有这儿!"她指着如下一段文字:

阿拉贝拉·巴特,1905年4月出生,未婚,无子女,没

有学术头脑,死于——

"完事了!有关我的话他多一句都想不出来!我光是从手提包里就为他取出过多少东西啊!我这一辈子不知道为他撒过多少次谎!好吧!他会发明创造!他聪明!哈哈,他是天才!可是谁替他一次又一次地排除困难?是谁飞到阿尔马塔,飞到肯尼迪角去为他取回他所需要的书面材料?没有这些材料他根本就没法继续思考!这些事

都是谁做的?"

小奶奶和男孩子们迷惑地望着她。

"是谁呢?"巴斯蒂问道。

"是我!是我!这个人是我!"巴特太太三次用手拍着自己的胸脯,"我用发夹为他捅开过多少扇保险箱的大门?有多少次,深更半夜,我一个人孤零零地飞到什么地方去,为他从某一份文件夹里取出一份标有'绝密'字样的文件!他自己也有一件雨披,可是他从来都不用它,顶多披上它在离地半米的高度飞来飞去,为的是踩死他那草坪上的紫罗兰。他的借口是飞起来会头晕。头晕!哈哈!他胆小。胆小鬼!苦差事让我来干,然后他好写:未婚,没有学术头脑!"

小奶奶赞同地点点头。男孩们听不懂巴特太太说的是什么意思。

"没有学术头脑?未婚?"他们七嘴八舌地议论着。

"可是你还年轻啊!"小奶奶说。罗比觉得奶奶除了口齿不清以外还是老脾气。

巴特太太继续翻看着家谱,心里闷闷不乐。她终于找到一段有关祖先的文字。她吃力地辨别那段褪了色的字迹:

伊莎贝拉·封·劳巴特迈耶,劳巴丁男爵夫人,1480年出生。

随后她气愤地合上家谱。

"家谱上是怎样写您祖先的?"罗比问道。

"那上面还会有什么好话?"巴特太太激动不已,"未婚!没有学术头脑!无子女!这些都不重要。她是一个伟大的女性。让我来告诉你们她是多么了不起!我是听我的姑奶奶说起她的,我的姑奶奶又是从她姑奶奶那里知道她的。我的祖先伊莎贝拉是个知名人物。她年轻的时候陪伴过马克西米利安大帝①,和帕拉策尔苏斯②是挚友。

巴特太太突然打住话头,因为她哥哥就在这时走进了厨房。他显得有点儿不安。

"十分钟以后你们起飞。"他说道。

当妹妹的挖苦他说:"好吧。如果我活着回来的话,你就可以在家谱里添上一句:第一个被化掉的女性!"

"被化解掉!"巴特先生批评她用错了术语。

"管它叫什么呢!"

"你从来都是这样,你这臭蝙蝠!"

"你才是蝙蝠呢!"

小奶奶请求当妹妹的别再吵下去了。巴特先生领着

---

① 马克西米利安大帝(1459—1519)神圣罗马帝国皇帝。
② 帕拉策尔苏斯(1494—1541)哲学家,医生。

客人们穿过厨房走到门口的水泥地上,来到地上画好的绿色圆圈前。巴斯蒂和巴特太太一起站到绿色圆圈里,绿色圆圈和他们一起沉入地底下。过了一会儿,绿色圆圈又回到了地面,这回轮到托米和奶奶下去了。最后下去的是罗比和巴特先生。这绿色圆圈带着他们穿过一个狭窄的通道,来到大约是地下7米的地方。随后他们走进巴特先生的实验室。托米、罗比、小奶奶和巴特太太紧挨着站在一处。这个实验室似乎带给他们一种敬畏感,他们只敢小声说话。只有巴斯蒂好奇地走来走去,仔细观察各种仪器和器械,并让巴特先生把每一种仪器的功能讲给他听。巴特先生在一台闪闪发光的机器前停下脚步说:"这就是时间转换机。我妹妹管它叫箱子。"

这时巴特太太来到机器前,打开时间转换机的门,钻进去试了一试。

"装两个人有点儿挤。"她说。

"我的好妹妹,求求你将就一下吧,一共就两分钟。"

"你能给我拿个垫子来吗?"她问道。

"垫子是不能带进时间转换机里去的。"巴特先生生硬地拒绝了妹妹的要求。

巴斯蒂爬进时间转换机里。巴特先生说,还要等几分钟他们才能出发呢。巴斯蒂不喜欢没完没了的话别场面,他请求巴特先生让他们提早出发。巴特太太也同意

他的建议。

　　巴特先生关上箱子的大门。他按了一下箱子侧面的按钮，然后跳到操作台前，把两个操纵杆按下去。四个红灯亮了之后又熄灭了。接下来有三个黄灯和两个红灯亮起来。巴特先生心满意足地哼了一下。托米悄声问道："你们听到机器发出的嗡嗡声了吗？"

　　小奶奶侧耳听了一会儿，然后说："这嗡嗡声是因为

Mr. Bats Meisterstück oder
Die total verjüngte Oma

巴斯蒂和巴特太太正在被化解!"

大约两分钟之后,嗡嗡声消失了。这时,时间转换机边上的操纵平台上有一个大大的紫灯亮了起来。巴特先生跑到时间转换机前,转动一个大旋钮,把门打开。机器里空空的。

"你们来看呀,"他大声说道,"只要紫灯亮着就说明一切运转正常。"

巴斯蒂蹲在时间转换机里。四周漆黑一片。他觉得有点儿不舒服。巴特太太沉重的身体从四面八方压向他。巴斯蒂想跟巴特太太说句话,可他却无法开口。渐渐地,巴特太太的身体不再挤压着他了。她似乎越变越轻。现在他一点儿也感觉不到她的存在了。他连自己的身体都感觉不到了。他不仅没法开口说话,连思考问题的本领都丧失了。这种状况大约持续了一分钟。然后他又感觉到了自己身体的存在,又感觉到了巴特太太的存在,先是轻轻的,随后越变越重。

巴特先生说过什么来着?

"漆黑的状况将持续两分钟,然后就会变亮的。你们会变得稍微有些透明,但这状态不会持续很久。按照我的估计,你们最多只需要五秒钟时间就会恢复成牢固结实的样子,并恢复你们的颜色。你们会站到伊莎贝拉·封·劳巴特迈耶的卧室里,它在我们家族老房子的二楼,楼

81 巴特先生的返老还童药

国际大奖小说

巴特先生的返老还童药　82

梯边上的那个房间,这我已经算准了。时间是1525年7月10日上午7点。"

巴特先生是这样说的,但是好像有什么地方不对劲儿。他们已经被化解了,这个他们感觉到了。时间转换机不见了,而且他们又被拼接起来了,这个他们也明显感觉到了。所有的东西都紧紧地贴着他们,周围漆黑一片。时间该是7月10日的7点钟。7月10日早上7点天应该是亮的。巴特太太叹了口气。

"您没事吧?"

"谢谢,没事,我一切正常。你呢?"

"巴特太太,怎么四周一片漆黑呢?我们瞎了吗?"

"没有,我哥哥把早上和晚上弄颠倒了。"

"但愿过不了多久天会亮起来!"

"把你的手给我!"

"我撞到哪儿了?"

"那边!"

"有扇窗户!"

他们的眼睛适应了黑暗。他们爬到窗前。当巴特太太把窗帘拉到边上时,周围变亮了一些。巴特太太一边眺望着马路对面的房屋一边摇头,然后她把一只手放到耳朵后面倾听着。现在可以听到一个个词语了。

"走吧,孩子们……

上车……

到达……"

"巴特太太,"巴斯蒂结结巴巴地说,"我们是到法国了吗?"

"不是,这个人的发音难听极了。他的法语说得跟维也纳郊区的方言差不多!"

"谢天谢地!"

"你别谢早了,"巴特太太悄声说,"听过这首歌吗?"

"这歌听上去耳熟。"

"是《马塞曲》。"

"可这是,"一激动,巴斯蒂忘记该小声说话了,"可这是法国大革命时期的歌曲啊,反正比1525年要晚上好多年呢!"

"是啊!"巴特太太说。

"我们根本就没能到伊莎贝拉·封·劳巴特迈耶那里。"

巴特太太若有所思地抓抓脑袋,苦笑了起来:"我的天才哥哥不仅把一天里的时间弄倒了,而且把世纪也弄混了!他只把我们送到了一百多年前。但愿他没有把地点弄错。这房子看上去倒像是我们老祖宗住过的地方。"

小夜曲的歌声又从头响起:"走吧,孩子们……"歌声越来越嘹亮。现在连脚步声都能听见了。巴斯蒂小心翼翼地打开一扇窗户,把脑袋探向窗外。他看到那唱歌的人正好在窗户底下停住脚步,手在裤子口袋里翻找着什么东西。然后他突然不唱了,边敲门边大喊:"巴特迈耶姑妈,您快给我开门呀!快放我进去吧!天哪!姑妈大人正在睡大觉呢!"

巴特太太和巴斯蒂都站着不动。他们听到房子里有脚步声,头顶上有扇窗户打开了。有人从窗户里往外喊:"菲力普!别瞎吵吵!别把所有的人都吵醒了!我来了!"

"那你快点儿!"侄子菲力普大声说道,"不然我就在院子里睡了!"

说完他继续敲着大门。巴斯蒂和巴特太太听见有人在楼梯间拖着脚步走路,然后就听见钥匙在锁眼里发出刺耳声。这时又传来了侄子的声音:

"你总算来了!站来站去都让人站烦了!"

"笨蛋!当心把警察吵来,说你夜间喧哗,影响他人休息!"巴特迈耶太太一把把侄子拽进房间,一直把他拖到二楼,边走边教训他说:"谁叫你回来这么晚的!整个晚上都在外面闲逛。我看你还会遇到麻烦的,你这蠢学生!"

"我困了,"侄子打着哈欠,"您就说到这里为止吧。自由万岁,亲爱的姑妈!"

"你该跟我说的是'晚安',"巴特迈耶太太继续说,

"喏,这儿是蜡烛!"

这时他们听到她爬上三楼的脚步声。侄子手持蜡烛,走进巴斯蒂和巴特太太站着的房间。巴斯蒂和巴特太太努力做出最动人的表情,友善地向他点头微笑。

这位侄子突然大叫起来,不停地大叫着大叫着,根本无法停止下来。他大叫着把蜡烛放到桌子上,大叫着摇摇晃晃地走到床边,在床沿上坐下,用双手捂住脸,大叫:"救命呀!"

巴特迈耶太太从楼梯上跑了下来:"你这笨蛋,快住口!"

当她见到巴斯蒂和巴特太太时,她自己似乎也要大喊出来了。然而巴特太太鞠了一躬,悄声说道:"阿拉贝

拉·巴特和随同向您问好。我是您的曾——曾——侄女!"

说完她从手提包里取出一束十分美丽的鲜花献给巴特迈耶太太。巴特迈耶太太接过鲜花,激动地望着小手提包轻声说着:"看来这包是从我这里继承的!看上去还是那么新!"

巴特迈耶太太示意巴斯蒂和巴特太太到房门口等着。巴斯蒂和巴特太太踮起脚尖走出房间,轻手轻脚地把房门带上。这下他们站在了一条狭窄的通道里。楼道里有一股熏衣草和地板蜡的气味,墙上挂着一盏小油灯,油灯照着一幅油画。巴特太太从雨披里取出她的眼镜,仔细地观看着这幅画。

"这真是让我悲喜交加。"她叹息着说,"你瞧,油画上这位美丽的贵夫人就是我的祖先!"

巴斯蒂仔细看着油画上这位女人。美丽可真谈不上,画上的女人看上去就像一棵晒干的蘑菇,又像一只烘干的蝙蝠。巴斯蒂高兴的是它没有挂在巴特太太家,而是挂在胖胖的巴特迈耶太太家。

"我们现在该怎么办呢?"巴斯蒂问。

"我们到门边去偷偷听听吧。"巴特太太和巴斯蒂蹑手蹑脚地走到门边侧耳聆听。他们听见巴特迈耶太太在房间里说:"喂,小菲力普,宝贝儿,你怎么了?快别用小

手捂着脸了,好不好?你难受什么呢?"

侄子菲力普回答说:"我见到鬼了!一个臭老太婆和一个小男孩!他们穿的是没人穿的衣服!这两个鬼怪站在窗户边上,脑袋摇来晃去的,边摇晃还边笑呢!"

巴特迈耶太太安慰着菲力普。

"听我说呀,你听我说。你喝多了!话也说多了!觉睡少了!神经吃不消了!你说的鬼怪在哪里呢?我怎么什么也看不见呢?快别用手捂着脸了!"

巴斯蒂和巴特太太吃力地听着。他们听见侄子小声呜咽着。

巴特迈耶太太轻轻地抚摸着侄子的头,继续用轻轻的声音劝慰道:"快点儿!别再犯傻了!快把手从脸上拿开吧!快点儿呀!"

终于,侄子小心翼翼地把手指叉开,朝鬼怪刚才站过的地方望去,说道:"他们现在不见了!"

"这就对了!好孩子,"巴特迈耶太太称赞他说,"这回你可真得上床去了,不然你的神经就受不住了,好孩子!"

巴特迈耶太太在睡裙口袋里翻来翻去,找出一块丝光糖来。她把糖塞到侄子嘴里,帮他脱衣服,等他上床,再帮他把被子掖好。她轻轻地自言自语道:"这丝光糖马上就会起作用的。我用了最好的配方。他马上就会睡着

的,睡得又甜又香。明天早上他一觉醒来,就会把所有遇到的事忘得精光,什么也记不起来了!"

她把蜡烛吹灭,轻手轻脚地走出侄子的房间。

"你们快到厨房里去,"她对巴斯蒂和巴特太太说,"我看我们最好冲上一杯浓浓的咖啡,坐在一起聊聊!"

第九章

巴特迈耶太太的礼物

巴特太太和巴斯蒂与巴特迈耶太太一起坐在厨房桌子边喝咖啡。这是巴斯蒂有生以来第一次喝真正的咖啡。巴特太太向巴特迈耶太太说明了他们为什么以及怎样来到这里的。

巴特迈耶太太是一个讲道理的明智的人。她一点儿都不感到奇怪,甚至一点儿都不惊讶,等巴特太太说完话,她喝了口咖啡,说道:"那么好吧,让我来介绍介绍。我是安娜贝拉·封·巴特迈耶,那个睡在楼上的年轻人是我的侄子,菲力普·封·巴特迈耶!"她看看巴特太太,笑着说:"他是你曾祖父,我亲爱的阿拉贝拉。"

巴特太太听到这个鬼喊鬼叫的年轻人居然是自己的曾祖父,一时有些难以接受。巴特迈耶太太察觉到了这一点,说道:"你们不知道,他是个极其平凡的人,一点儿第六感觉都没有。不过他挺可爱的!"

"而且他还做出不少成就呢。"巴特太太说,"这是我从家谱里看来的。"

"真的吗？这真让我高兴，那我不必再担心他什么了。你快说说，他到底做成些什么了？"巴特迈耶太太很兴奋。可还没等巴特太太张口说话，她就又说："不，不，不，你还是别告诉我了。我不应该向你打听未来的事情。知道得太多可不是什么好事。那样我就会和我祖父一样了，他一天到晚都担心将来的事。真可惜，后来他一辈子再也没过上消停的日子，他总是忧郁地微笑着。真的，将来的事我一点儿也不想知道。"

"还是不知道为好。"巴特太太说。

"那么好吧，"巴特迈耶太太从沙发上站起身来，"我是很愿意再和你们聊聊的，可是你们的时间紧。我到厨房柜子里去翻翻看，看能不能替可怜的塞弗第茨太太找到解药。我这儿有不少从祖先那里继承来的解药。我们全家一直都健康得很，所以几乎从来不碰那些药。"

巴特迈耶太太打开厨房柜子的门，把一个个盒子，瓶子，罐子还有小口袋之类的都拿了出来。她口中念念有词："这玩意儿一点儿用也没有！""这我早就该扔掉了！""这是去除瘤子的！""一个人能攒多少东西啊！我真是不明白！""这药治丹毒特别有效！可丹毒这病实在太少见了！"……

随后她从箱子里取出一个小小的木盒子，把盒盖打

开。小木盒的盒底铺着一块红色的天鹅绒,天鹅绒上放着一个咖啡色的小瓶子。"居然有这种事!"她激动得叫出声来,"前天,我记得清清楚楚的,前天我还看到这小木盒里还有另一个咖啡色的小瓶子呢!"

"这到底是治什么病的药呢?"巴斯蒂问。

巴特迈耶太太把瓶子拿在手里,费劲地把瓶塞打开,小心翼翼地闻着。

"闻上去像蛋黄酒。"她一语断定。

"像蛋黄酒吗?"巴特太太跳了起来,"那返老还童药闻上去也是这个味道的!"

巴特迈耶太太从她的睡裙口袋里找到老花镜,戴到鼻子上,仔细辨认瓶子上的文字:"解药。我找到了!"

巴斯蒂和巴特太太几乎无法相信。当他们亲眼看到

标签上的文字并且闻到瓶子里散发出的气味时,他们紧紧拥抱着巴特迈耶太太。巴特迈耶太太激动得眼泪都掉下来了:"我的天哪,能帮上一位还没有降生到世界上的老太太,这感觉真是太好了!我真高兴!可惜我不能把这个秘密告诉任何人!"

巴特太太幸福地将瓶子放进她的手提包里。他们又坐回桌边,继续喝咖啡。

"现在是哪一年呢?"巴斯蒂问。

"1848年。"

"是在大革命前还是在大革命后呢?"

"什么?"巴特迈耶太太惊讶得一下子放下调羹,"这么说,我们真要经历一场大革命?菲力普一直在说什么革命的事。我一直没信过他的话。"

"是啊,"巴特太太叹息地说,"可革命不会有什么结果的。"

"可惜啊。"巴特迈耶太太悲伤地摇头说,"我倒是替菲力普盼望革命成功。他白天晚上都念叨着,我们将会得到自由、平等和博爱。对我来说无所谓。我反正不去和别人说什么。我从来都不出门。要是缺什么,我就在手提包里找就是了。我真是无所谓!"

"那你会告诉他革命注定要失败吗?"巴斯蒂想知道个究竟。

"怎么会呢,他不会相信我的话的!"

巴特迈耶太太叹着气,往自己的杯里又倒足了满满一杯咖啡。

巴斯蒂突然说:"我猜我们马上就要被接回去了。我的感觉好奇怪。"

巴特太太点点头:"是的,我突然感到腿上痒痒,头脑里空荡荡的。"

巴斯蒂侧耳倾听着:"我听不到什么嗡嗡声,可我感到浑身痒痒。我变得轻飘飘的,感觉自己像只气球!"

巴特迈耶太太吃惊极了:"耶稣、马利亚、约瑟呀[①]!你们在我眼前都变透明了!像麻纱窗帘一样透明!"

巴特太太想喊:亲爱的巴特迈耶太太,万分感谢!可出口的只是轻声的耳语:"亲……巴特迈……谢……"

"再见!"巴特迈耶太太大声叫道,"一路平安,万事如意!代我向塞弗第茨太太问好!"

巴特迈耶太太坐在那里,双手捂住她的咖啡杯。如果有人看见,会以为她紧紧抓住咖啡杯不放。在她身边,巴斯蒂和巴特太太坐过的地方,是两把空空的椅子,一阵轻柔的烟云缭绕着。巴特迈耶太太恍惚地挥挥手,说:"真是太不可思议了!"

[①] 三人均为基督教的先知。

Mr. Bats Meisterstück oder
Die total verjüngte Oma

95 巴特先生的返老还童药

第十章

皆大欢喜

在巴特先生的实验室里,小奶奶、罗比和托米眼睛眨也不眨地盯着那盏紫灯。巴特先生试着和这三个人说说话,可是没人听他的,他也就不去费口舌了,独自走到一张高脚桌前,把实验结果填到实验报告里。他填进去的净是些奇奇怪怪的句子和数据:

未发现任何反应。

运载物被化解。(运载物指的是巴斯蒂和巴特太太)

我妹妹的蝙蝠胸针留在时间转换机里了。禁区的正负极?(时间转换机指的是钢箱子。禁区指的是什么,我不知道。正负极是什么意思,我也忘记了,我肯定学过,反正这个词听上去特别耳熟。)

然后巴特先生把刚刚操纵开关的步骤一一记录下来:

打开开关——E区。

按下区域控制键。

运输区域定为37.8……

当他写到37.8时,猛地把笔扔到高脚桌上,大声咒骂起来。这时他才发现自己完全按错了控制键。

"出什么事了吗?"托米胆战心惊地问道。

"我用笔尖不小心把手指戳破了。"巴特先生撒谎说。

托米重又紧盯着紫灯看。

巴特先生试着进行计算。他们所到的地方没错,这个我清楚得很。可他们到了什么时代呢?到了哪个世纪里?巴特先生绝望了。把运输区域定为37.8,他们应该……应该……再算下去根本没有意义。巴特先生一遍又一遍地算错,他害怕极了。他仿佛亲眼看见自己的妹妹在天寒地冻的冬天独自一人四处游荡。也许他把他们两个人送到了冰河世纪?那时候地球上一个人都还没有呢!也许他们到了遥远的未来?

现在两个小时过去了。巴特先生急得鼻子上的汗珠都掉下来了。他的双手颤抖着。他缓慢地走向操纵台,把转盘往左转,又把杠杆往右转。紫灯熄灭了,红灯亮了,黄灯、绿灯在闪烁。

巴特先生回到钢箱前。现在该把箱子盖打开了,他想。他们现在该端坐在时间转换机里。可他不敢把箱子打开。

"您为什么不开门呢?"小奶奶问道。

国际大奖小说

巴特先生的返老还童药　98

"还要等一会儿呢。"巴特先生又一次撒谎了。

时间转换机里发出一个又尖又细的声音:"托蝙蝠的洪福,哥哥,这里面挤死了!你快开门呀!我要憋死了!"

"啊!"巴特先生轻快地叫出声来,赶快转动钢箱上的按钮。门弹开了。巴特先生一把把妹妹和巴斯蒂从钢箱里拉了出来。他紧紧地拥抱他们,笑得眼泪都流下来了。

"一切正常,亲爱的哥哥。"巴特太太安慰巴特先生说,"你犯的可爱的小小的天才才犯的错误没有给我们带来任何伤害。我们得到了我们想要的东西!"

"太感谢你了,巴斯蒂!还有你,阿拉贝拉!"小奶奶很兴奋,"我现在就把它喝下去好不好?"

托米从巴特先生高脚桌的抽屉里取出一个小咖啡匙递给奶奶。巴特太太从她的手提包里把咖啡色小瓶子拿出来,并拔出软木塞说道:"干杯,我亲爱的!"

变形在一眨眼之间就完成了。奶奶还没把药喝完呢,她的身体就开始变大了,越变越大,越变越大。红色童装小裙子的线被撑断了。巴特太太从手提包里抽出一件披风围在奶奶越变越大的身体上。奶奶脚上的小皮鞋涨破了,变出来的是塞弗第茨太太又大又老又有病的脚指头。披风底下鼓出来的是奶奶的大肚皮。随后,头发的颜色也褪掉了,老奶奶又恢复了原状。

罗比一下子扑进奶奶的怀里。

"成功了!"巴特先生欢呼着。

"我们成功了!"巴特太太欢呼着。

"以极不科学的方式。"巴斯蒂眨眨眼。巴特先生拥抱着妹妹,兄妹二人一蹦三尺高,一直跳到天花板。在天花板上他们飘来飘去,身披鼓鼓的真丝雨披,像两只硕大的蝙蝠。他们一直在天花板上飘着,巴斯蒂从底下往上喊:"按照地球引力的学说,你们该回到地面上来了!"

兄妹二人这才迷迷糊糊地结束了他们的跳跃。

巴特太太领着塞弗第茨奶奶走进巴特先生的卧室,用剪刀把她身上的童装剪开。破裂的童鞋就像长在奶奶的脚上一样。巴特太太又是拉又是扯的,疼得奶奶直叫唤:"哎哟,疼死我啦!哎哟,我可怜的病脚呀!谢天谢地又把它还给我了!"

在奶奶终于脱掉衣服和鞋子之后,巴特太太又从手提包里取出一套漂漂亮亮的适合老太太穿的衣服。

一个时髦的老太太回到了实验室里。现在所有的人都想听巴斯蒂和巴特太太讲讲他们的历险记。他们决定在奶奶家里开一个庆祝晚会,让这两个穿越时空的人说说他们的冒险故事。

他们乘坐电梯下楼,跨进那辆喷气式轿车中。这回开车的是巴特先生。当他们来到奶奶家门口时,巴特太

Mr. Bats Meisterstück oder
Die total verjüngte Oma

太建议道:"把车开进车库里去吧。大家都瞧着我们呢!"

"那就让他们瞧去吧。"巴特先生边回答边下车,对聚在一起张望着他们这辆怪异轿车的好奇的人群深深地鞠了一躬。

"哎,妈妈,你快看呀!"一个小男孩嚷嚷着,"站在那里的是又老又胖的巴特男人!"

101　巴特先生的返老还童药

巴特先生听见这话心中一惊。

"什么叫巴特男人?"奶奶问。

"我哥哥在美国度假的时候就自称是巴特男人,"巴特太太悄悄说,"他喜欢微服私访。"

在奶奶的客厅里他们举行了一个盛大的晚会。巴特太太从她的手提包里取出许多灯笼以及狂欢节时舞动的蛇,又抽出许多可乐、苏打水、夹着香肠的面包片、小块蛋糕以及音乐唱片。

巴特先生吹出三张塑料沙发来。

巴斯蒂讲了菲力普的故事,巴特太太讲了巴特迈耶太太的故事,巴特先生告诉大家他都快吓死了,奶奶不断地发着"rrrr"的音,甲壳虫乐队唱着欢乐的歌。

巴特先生喝着酿了十年的威士忌酒,奶奶舔着草莓酱,巴斯蒂品尝着布拉格香肠,巴特太太吃着一根一米多长的甘草糖棍,托米吃着棒棒糖……

巴斯蒂问奶奶她到底喜欢哪样的自己:是个儿小年轻的呢,还是个儿大年老的呢?奶奶叹口气说,最好是个头儿大又年轻的。

然后奶奶和巴特先生一起跳舞。

大家都没发现时间已经很晚了。他们也没发现没有上锁的大门被打开了。突然间,在他们中间——在灯笼和狂欢节的蛇,在塑料沙发、空可乐瓶、唱片和夹着香肠

的面包丛中——罗比的爸爸妈妈和一位警察突然出现了。

警察大喊:"这里有人叫艾丽丝·阿曼达·塞弗第茨吗?"

罗比的爸爸大声叫道:"妈妈!"

巴斯蒂关掉音乐。罗比从箱子上爬了下来。巴特太太把长长的甘草棍放到房间的角落里。巴特先生停住舞步,松开奶奶的手。

"已经很晚了吗?"奶奶问。

"已经快到午夜了,"罗比的妈妈说,"我们都快急死了。"

"天哪,午夜了,真了不起!"奶奶大笑起来。

"我说,妈妈——"塞弗第茨先生喊道。

警察把身体转向罗比的爸爸并打听两位年长的女士中哪一位是艾丽丝·阿曼达·塞弗第茨。罗比的爸爸指向奶奶。罗比的妈妈问:"警官先生,您找罗比的奶奶干什么?"

警察手里拿着一个包裹。这时他打开包裹。大家看到的是罗比和奶奶扔在草地上的衣服、手提包以及其他东西。

"有人在郊外的草坪上捡到这些东西。这些都是您的吗?"警察不满地把奶奶的内衣挑出来让她仔细看看。奶

奶一把从警察手中夺过内衣大喊道:"警官先生,请您不要介入我的私生活!"

"我说,妈妈——"塞弗第茨先生大喊道。

奶奶把她的内衣扔到塑料沙发上,说:"我生儿育女,爱护他们并把他们拉扯成人,让他们学会本领,可他们长大以后却只会傻乎乎地站在那里,除了'我说,妈妈——','我说,妈妈——'之外什么话也不会说!"

警察大叫着:"我们还以为有凶杀案呢,您倒好,坐在这里开晚会!您的衣服和手提包怎么会跑到郊外的草坪上去呢?为什么您的电话总是打不通?"

"因为电话听筒在电话机边上撂着呢。"罗比的妈妈说着拿起听筒,把它挂到电话机上。

"现在该怎么办?"警察问,"我要个说法!"

巴特先生和巴特太太悄悄向奶奶摆摆手,偷偷摸摸地溜出房间。巴斯蒂和托米也跟着溜出了房间。

奶奶一下子沉坐到沙发上。虽然她块头大,但看上去却很脆弱。"警官先生,"她叹了口气,"我年纪大了,记性不好。我……我本来想把衣服送进洗衣房的,后来迷路了……"

"您迷路一直迷到郊外?"警察对奶奶的话充满怀疑,这时,塞弗第茨先生又说了一句:"我说,妈妈——"

奶奶不满地瞥了儿子一眼,而面对警察她却天真地

笑了。"是啊,是啊,"她说,"年纪大了的人就是这样的。真是命苦啊,警官先生!"

警察一边摇头一边走出房间。他走之前还要奶奶签字证明已经收到这堆衣物。

罗比的妈妈挨着奶奶坐在塑料沙发上,她问道:"这么棒的沙发从哪儿弄来的?"奶奶悄声说:"要是你喜欢,我就送你一个!"妈妈高兴地点点头。

爸爸生气地在房子里踱着方步,气愤地说:"你知道吗,妈妈,至少电话听筒你是可以挂到电话机上的呀。我每隔两分钟就拨打一次你的号码。电话一直占线!"

"电话听筒是从昨天开始就一直放在电话机边上的,"罗比喊道,"因为小奶奶……"

奶奶用食指挡住嘴巴,向孙子眨眨眼。罗比不吭声了。

"哪位奶奶?哪位小奶奶?昨天怎么了?"爸爸手足无措地一会儿看看儿子,一会儿又望望妈妈。

"我亲爱的儿子,"奶奶说,现在她的样子一点儿也不脆弱了,"我什么都可以告诉你。告诉你有时间转换机,还有魔法药水。告诉你有一个发音缺陷,有一个运输环,还有好多蝙蝠。可是——"奶奶用疑惑的目光打量着儿子,"可你是一位四十五岁的银行职员,而且你从小就缺乏想象力。反正你什么都不会相信的。"

"刚才那两位披着雨披的人是谁?"罗比的妈妈问道,"我看他俩好面熟!"

"他们是我的好朋友,现在审问结束!"奶奶的口气十分坚决。没人反对。

"晚安。"罗比的爸爸妈妈准备回去了。

"亲爱的奶奶,明天见!"罗比轻声对奶奶说。

当他们走到房门口时,奶奶叫道:"你们不用问罗比今天都发生了些什么。他什么也不会告诉你们的!"

"看在上帝的分儿上,"爸爸朝客厅里大声喊道,"我不会问他的。我根本就不想知道这种事情。"

爸爸妈妈在回家的路上都不说话。有几次妈妈都张了嘴,仿佛要说什么。但她很快又把嘴闭上了,只是轻声地叹口气。他们回到家,艾娜已经睡着了。罗比爬上床,闭上眼睛很快也睡着了。爸爸吃了三袋安眠药粉,又喝了三大杯水,躺到床上也一下子就睡着了。

只有妈妈还醒着。她笔直地坐在床上沉思着。午夜早已经过去了,妈妈依旧笔直地坐在床上沉思。她试着回忆一些事情,一开始很费劲,然后越来越容易。这真丝雨披我见过的呀!这已经是很久以前的事情了。已经很久很久了……那会儿我还小……还在战乱的时候,谁家都没有巧克力……那时候有个女士就披着这么件雨披!她总是从小手提包里抽出覆盆子夹心巧克力给我吃!和

这个女士一起……我曾经到过一块巨石边……那里有一个男士也披了一件真丝雨披。他帮我做完我的算术作业。我怎么会把这种事都忘到脑后了呢?这根本就是不久以前的事嘛!

妈妈大声对自己说:"忘记这么重要的事情!人脑袋里装着的都是芝麻小事!人活到一百岁也忘不了19是个质数!这么重要的事却会忘记!"

爸爸睡得迷迷糊糊,翻了个身。"质数,"他说,"1、2、3、5、7、11、13……"

"嘘,嘘……"妈妈马上制止了他。爸爸把被子扯过脑袋,继续呼呼大睡。

妈妈躺下来,把脸埋进枕头里,心想:明天一清早,等孩子们上了学,我就让老板一个人待一会儿,我要请个假,去看望我婆婆。我必须好好儿问问她。然后她又想:有这么个好婆婆,我真幸运!想到这里,她心满意足地入睡了。

作者简介
巴特先生的返老还童药

克里斯蒂娜·涅斯特林格
Christine Nöstlinger

  克里斯蒂娜·涅斯特林格是当代德语文学界最著名的儿童文学作家之一。她1936年出生在奥地利首都维也纳，最初为报纸、杂志和奥地利广播电台撰稿，1970年发表处女作《红发弗雷德里克》。她戏称自己是"一个人的字母工厂"，几乎每年都会出版新作，有些作品还被选入德语国家的中小学课本。

  涅斯特林格几乎囊括了所有重要的德语儿童文学奖——弗雷德里克·伯德克奖、德国青少年文学奖、奥地利儿童图书奖、维也纳青少年图书奖。1984年，涅斯特林格以其全部作品荣获素有"小诺贝尔文学奖"之称的世界最高儿童文学奖——国际安徒生奖。

让想象的翅膀飞得更高更美

王文霞/高校教师

还记得某个夏夜，躺在奶奶的怀里，听她讲一连串的鬼故事，吓得一直不敢睡觉吗？还记得仰望着天空一边数着星星，一边听外婆讲牛郎织女的故事，"七夕"节还要偷偷地藏在葡萄架下听牛郎和织女的窃窃私语吗？我相信很多人也曾有过这样色彩斑斓的梦：骑着可爱的白色小马在草原上驰骋，美丽的蝴蝶伴着我的花裙子翩翩起舞，开着银色的小飞机穿越金色的原野、巍峨的高山、滔滔的江河……因为每个孩子的心中都有一双想象的翅膀，能够穿越千山万水、亘古至今。就像巴特先生发明的时间转换机一样，带我们回到另一个世界、另

一些亲人身边,为罗比的小奶奶寻找解药。我相信你也曾经有过这样一段似曾相识的记忆。不信,让我们重温一下如何?

一天,罗比中午放学后来到奶奶家,看到奶奶肿得高高的右脚,非常心疼,于是建议奶奶去接受一种返老还童疗法。祖孙二人设法与著名发明家巴特先生取得联系,获得一种返老还童药水。奶奶喝了之后,果然变成了一个美丽可爱的小姑娘。小奶奶给罗比和他的朋友们带来了很多快乐,但也带来了很多麻烦:奶奶向他们搭乘轿车的司机索要漂亮的裙子,还大闹幼儿园。最后,罗比和朋友们设法找到了巴特先生,借助巴特先生的"时间转换机",回到过去寻回了解药,将小奶奶恢复原样,让生活回到正常的轨道。

《巴特先生的返老还童药》是奥地利著名女作家克里斯蒂娜·涅斯特林格的一部带有轻喜剧风格的小说。此作品曾获德国首届弗雷德里克·伯德克儿童文学奖。1984年,作者以其全部作品荣获素有"小诺贝尔文学奖"之称的世界最高儿童文学奖——国际安徒生奖。她的很多作品寄寓了作者对社会现实的深刻思考,同时又以其轻松有趣、欢快幽默的语言关注孩子的成长,想象丰富,情趣盎然!

孩子们逐渐成长的过程,很可能是想象力逐渐走向

衰弱的过程。还记得返老还童的小奶奶告诉艾娜真相时,艾娜不屑一顾扭头就走的情景吗?还记得轿车司机听到一个小姑娘说自己是一个13岁男孩的奶奶时的哈哈一笑吗?其实偷走孩子们想象力的不仅是时光,也包括成人对孩子想象力的忽视和抹杀。

为什么罗比和朋友们会害怕父母和幼儿园的老师知道奶奶返老还童的事情?因为他们清楚地知道,成年人不会相信他们的话。米歇尔曾把罗比奶奶返老还童的事情告诉了自己的父母,他的父亲以为他"发疯了",幸运的是,还有他的母亲为他解围:"他没疯!他富有想象力。这是智慧的标志。"孩子们都是最杰出的艺术家,他们拥有无限的想象力,他们的灵魂就像拥有翅膀的鸟儿一样可以自由翱翔。不要像罗比的父亲和那位警察叔叔一样给孩子们太多的惊恐和惶惑哟!小心他们不再把最美最绚丽的梦告诉你。

想象总是喜欢陪伴着孩子们,总是把快乐带给他们。我们找不到它,是因为我们总是被现实的琐碎眯住了眼睛,可我们挡不住一双清澈的眼睛去拥有它。孩子们想象的快乐,滋养着孩子们的信念,浇灌着孩子们的梦想,培育着孩子们的幸福人生。

爱因斯坦曾说:"想象力比知识更重要。"那就让我们跟随《巴特先生的返老还童药》,和孩子们的"时间转

换机"、"返老还童药"一起尽情地驰骋,无拘无束地遨游吧!有一天我们也许会发现:其实孩子们的梦恒久而天长,看起来荒诞其实更真实!

Mr. Bats Meisterstück oder
Die total verjüngte Oma

《巴特先生的返老还童药》班级读书会教学设计

姜晓燕 / 浙江省杭州市余杭区博陆小学教师

【作品赏析】

有一种药能返老还童

返老还童药？真的有吗？嘿嘿，真的有。在奥地利著名儿童文学作家克里斯蒂娜·涅斯特林格笔下的《巴特先生的返老还童药》里，罗比的奶奶就曾经喝过。要问味道如何？她说有点儿像"蛋黄酒"。所以说，在幻想的世界里一切皆有可能。

一、在幻想中，感受返老还童药的神奇

罗比的奶奶年老体弱，尤其是她的右脚，一直肿得厉害。返老还童药能让她告别缠人的衰老问题。谁不想永葆青春呢？我们不是经常听到身边的人说："要是能年轻十岁就好了。"可见作家涅斯特林格的幻想是深深地植根于现实生活的土壤，因此她的作品才会"永葆青

春"。

　　罗比和她的奶奶千里迢迢地去著名发明家巴特先生的实验室寻求返老还童药。这一部分中,作者让自己的想象力充分地呼啸起来:一架直冲云霄的自动扶梯,一个稀奇古怪的实验室,一位会"化解物体"的巴特先生和一个神秘的小瓶子。这些幻想的因素组成了一个妙趣横生的世界,吸引着每一位读者。这时,我们的想象力也被唤醒了,随同着一起呼啸。这让我们不禁感叹:幻想力本身也是一种阅读力啊!

　　二、在冲突中,体验返老还童药的真实

　　返老还童药真灵验,罗比的奶奶喝了之后果然变小了,右脚的肿痛也随之消失了。返老还童后的奶奶给罗比和他的朋友们带来了许多欢乐,但是这药也有"副作用"——它彻底打乱了罗比和朋友们的正常生活,"小奶奶"惹出不少的麻烦。作者用紧凑的笔法,一气呵成地描绘出这些麻烦,让读者体验返老还童药的"神奇药效",我们也在这样的体验中听到文字发出的一个响亮的声音:麻烦,快走开!它制造出一种扣人心弦的氛围,让读者感同身受地替主人公罗比担忧。好的故事,是能让人屏息凝神的,涅斯特林格的故事就属于这一种。

　　故事的发展总是最困难的。奶奶返老还童后,麻烦不断,生活混乱。在这样的困难中,罗比一直守护在奶奶

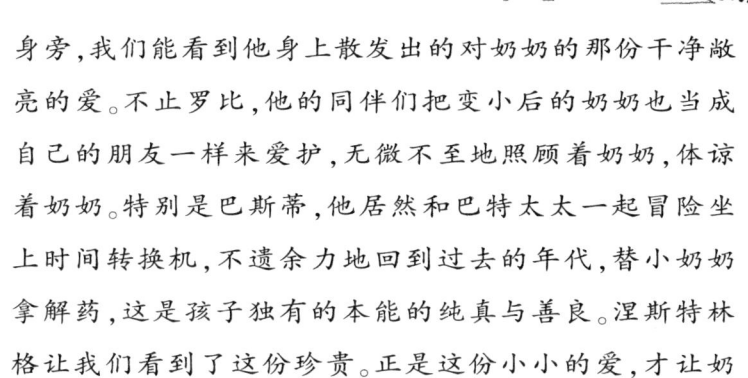

身旁，我们能看到他身上散发出的对奶奶的那份干净敞亮的爱。不止罗比，他的同伴们把变小后的奶奶也当成自己的朋友一样来爱护，无微不至地照顾着奶奶，体谅着奶奶。特别是巴斯蒂，他居然和巴特太太一起冒险坐上时间转换机，不遗余力地回到过去的年代，替小奶奶拿解药，这是孩子独有的本能的纯真与善良。涅斯特林格让我们看到了这份珍贵。正是这份小小的爱，才让奶奶在艰难的生活中，快乐地做着小孩儿。这剂返老还童药，是一剂饱含了爱的药，不多也不少。

三、在平静中，领悟返老还童药的内涵

最后，罗比和他的朋友们在巴特先生的帮助下，借助"时间转换机"，回到了久远的年代，取回了解药，将奶奶平安地变回了原来的模样。麻烦解除了，生活又恢复了平静。虽然奶奶之前很想返老还童，但是一旦真的做到了，就会发现生活远没有想象的那样完美，相反，可能更糟。正如故事中发明家巴特先生想改变自然规律而带来的种种混乱一样，生活应该有它自己的规律和轨迹，生命也应如此。阅读这样好的故事，我们的心灵会成长，学习去遵循规律，从而找到力量，幸福地活在当下。这是作者在带领我们游历了呼啸的幻想世界后，带给我们的成长礼物。

【话题设计】

1. 罗比的奶奶喝了返老还童药后，真的过上了她梦寐以求的生活吗？

2. 设想一下，如果有一天你老了，走不动了，疾病缠身，你会想让自己返老还童吗？你是怎么看待返老还童这件事的？

3. 罗比和他的同伴为了让生活恢复正常，做了哪些努力？假如你是罗比，你会怎么做？

4. 你是怎样看待巴特先生实验室外面挂着的"责任自负"几个字的？你有过类似"责任自负"的经历吗？

5. 你羡慕罗比身边的那一群好友吗？你有这样的挚友吗？在你们身上曾经发生过怎样互相"力挺"的事情呢？

【延伸活动】

1. 神奇的时间转换机

假如在你面前也有一台巴特先生发明的时间转换机，你最想回到什么年代去看一看呢？为什么呢？

2. 假如有一天我老了

◎活动准备：一面小镜子，白纸，画笔

◎任务：仔细端详镜子中自己的脸，画下自己的容貌；然后想象二十年后自己的样子；再想象四十年后自

己的样子。把它们都画出来吧!

3.最重要的事情

罗比的妈妈在故事的结尾想起了很多"重要的事情"。你也会时常在脑海中想起很多生命中重要的事情吗?选取一件写下来吧。

【亲子阅读】

1.这本书由十个章节组成,为了吸引孩子的阅读兴趣,家长可以像播放连续剧一样,每天读一章。假如孩子对其中的某一章非常感兴趣,可以进行"重播"或"自由点播"。

2.本书是一部幻想小说,里面有很多幻想的情节,如巴特先生建在云端的实验室,巴特先生和妹妹穿的会飞翔的真丝雨披,还有那令人想入非非的返老还童药。这些迷人的幻想,家长都可以在阅读时和孩子一起分享,听听他们说说自己的"异想天开",会为阅读增添无限的乐趣。

3.奥地利著名儿童文学作家涅斯特林格笔下的文字有着很强的画面感。家长可以在阅读的时候,借助文字的描述让孩子画一画变小后的罗比奶奶,画一画时间转换机,画一画罗比扛着小奶奶的情景,把艺术带进孩子的文学世界。

另外，在读完《巴特先生的返老还童药》之后，也可以推荐孩子去读读涅斯特林格其他的作品，如《狗来了》、《企鹅的故事》，或者奥地利另一位著名的儿童文学作家米拉·洛贝的《苹果树上的外婆》，以此拓宽孩子阅读的广度与深度。